蝴 蝶 飞

中篇小说选集

赵 玫／著

东方出版中心

图书在版编目(CIP)数据

蝴蝶飞/赵玫著.—上海：东方出版中心，
2017.8
（中篇小说文库）
ISBN 978 - 7 - 5473 - 1145 - 5

Ⅰ.①蝴…　Ⅱ.①赵…　Ⅲ.①中篇小说—小说集—中
国—当代　Ⅳ.①I247.5

中国版本图书馆 CIP 数据核字(2017)第 163327 号

蝴蝶飞

出版发行：东方出版中心
地　　址：上海市仙霞路 345 号
电　　话：(021)62417400
邮政编码：200336
经　　销：全国新华书店
印　　刷：上海天地海设计印刷有限公司
开　　本：890×1240 毫米　1/32
字　　数：140 千字
印　　张：7.75
印　　数：1—6,000
版　　次：2017 年 8 月第 1 版第 1 次印刷
ISBN 978 - 7 - 5473 - 1145 - 5
定　　价：30.00 元

东方出版中心邮购部　电话：(021)52069798

目　录

流动青楼

一

接到午夜的电话时伊东恍若梦中，但他还是听出了米墟的声音。那声音夹带着歇斯底里的绝望，他说他的汽车全烧光了，又说那女孩，她本不该……不不，你快过来，没有人愿意帮助我，那帮狗男女们全他妈溜走了，没有任何一辆汽车肯停下来，你快来吧，伊东，救救她……

伊东从床上跳下来。妻子也被电话吵醒。

是米墟？妻子问，他怎么啦？我跟你去。

不不，你睡吧，我去。

但妻子已经穿好了衣服。

然后他们飞驰在午夜的大街上。行进中几乎没有对话。唯有在城市中央的环形转弯处，妻子问伊东，你能找到那条暗街吗？

伊东惊异地看了一眼妻子，心里想她怎么会知道米墟此刻就在暗街呢？伊东当然知道暗街坐落在城市的什么方位，尽管那是个早就被他摒弃的地方。

他们要穿越大半个城池，才能到达米墟出事的地点。幸好寂静的黑夜给了他们飞快的速度，在即将见到米墟的时刻，妻子又说，就知道他迟早会出事的。

二

他们在一家"苹果店"不期而遇。他们都是第一眼就认出了对方。尽管他们至少二十年没见面了，但在他们相互认出对方的那一刻，就仿佛倏然回到了他们曾无话不说的那个年代。

他们没有相互拥抱那类煽情的动作，甚至都没有握手。他们只是震惊于如此离奇的相遇，而他们今天都是为了购买苹果手机，并且都为那款最新型号的手机配了一个红色的套。

是为了女人？米墟一如既往地直言不讳。显然不是给萧樯的。

伊东不好意思地笑笑。

那么是为了一段铭心刻骨的爱情了？米墟揶揄，和我一样。

然后他们走出"苹果店"，在即将分手的时候才握了握手。

各自离去时，他们竟连对方的联系方式都不曾留下，于是他们又不约而同朝对方走来。

米墟提出何不出去坐一坐，伊东便立刻接受了邀请。于是两个男人坐进汽车，他们或许觉得久别重逢，意犹未尽，或许都还想向对方倾吐些什么。

这是一辆很新的沃尔沃轿车。当然是属于米墟的。他们曾大学同窗整整四载，并且一直住在同一个宿舍的上下铺。然而二十年间他们杳无音讯。伊东只知道米墟去了美国。尽管在大学里他们是最好的朋友，甚至伊东的妻子都是米墟介绍的。

刚买的，还有些味，不过沃尔沃已经是最环保的了。米墟不着痕迹地炫耀他的车。

这些年你一直在美国？

回国后的第一件事就是买了这辆车。

你什么时候回来的？伊东问。

在宣誓成为美国公民的第二天，我就登上了回国的航班。知道我为什么要回来吗？

想说中国话？伊东不假思索。

错！不是中国话也不是中国饭，而是为了一个中国的女人。

伊东感慨于米墟的直率，你还和过去一样，永远直奔主题。

此刻，他们已坐在一家咖啡馆的室外，在圆桌前享受午后的阳光。这是前意大利租界的一片老式建筑，置身于此就仿佛置身于那个风情万种的国度。

　　米墟戴着墨镜侃侃而谈。衣领很高的淡粉色衬衣。他说那女孩是他在美国认识的，一个才华出众的纪录片导演。她随影视界代表团出访美国，而他刚好负责这次接待。他说他在纽约的旅行社小有规模，他接纳的大陆访问团已不计其数。当然他见过的大陆女孩也不计其数，但唯独这个有点咄咄逼人的女孩让他身不由己。一口纯正的英语，甚至比我的还要好，仿佛她来美国就是为了和我谈情说爱的，或者，干脆就是为了和我在美国做爱的。

　　是的我们没有卿卿我我的过程，快节奏的长途跋涉从纽约到拉斯维加斯，让我们只能直接进入性爱的阶段。于是我们醉生梦死，每个夜晚都会在宾馆的床上缱绻深情。就这样我陪了他们一路，也和她做了一路的爱。我原以为，花飞花落，分手便是永诀，重逢不再属于我们……

　　但米墟话锋一转，逼向伊东，说吧，那个手机，我猜，绝不是送给萧樯的，哪怕，几天后就是她的生日。

　　你居然记得她的生日？

　　我们从小一起长大，就算是化作灰烬，我也知道那灰烬是属于谁的。

　　当然，伊东欲言又止，你不会告诉她吧？

　　你觉得我有那么白痴吗？尽管我在一个基本诚实的国度中

生活了整整二十年。

是的，一个我喜欢的女人。

她很年轻？和你在一个部门工作，所谓的办公室恋情？

你总是料事如神，伊东说，他记得在大学里就总是躲不过米墟的追问。他一直觉得只比自己大一岁的米墟就像兄长，甚而父亲。于是四年中他始终龟缩在米墟的卵翼下。米墟不仅教诲他，保护他，还让他结识了萧樯。只是不记得为什么，他们结婚后就和米墟断了联系，后来才知道他已经悄无声息地出国了。

一度伊东曾辗转得到过米墟的通信地址。他找到地址当然是为了和米墟联络的。他曾经梦到过和米墟在一起的那些日子，并开始怀念他。所以怀念，是因为米墟的不知所往，就好像这个人已经被异国的尘埃湮没了。

总之伊东还是错过了他的挚友，哪怕他心里一直为他留着位置。有时候米墟的音容笑貌会突如其来地跳到他眼前，于是他便感慨万千，甚至想给米墟写一封寄不出的信，哪怕只是一张明信片。

是的，就像你说的，办公室恋情。我如果没有升任总编室主任，我如果不是拥有了一间自己的办公室……

那女孩还没有结婚吧？

事实上，她的年龄比我大。

你怎么还是老样子？米墟摘下他的墨镜，这一生，你是不是就不想长大啦？你不是找父亲就是找母亲，全都是弗洛伊德把你教坏了。记得我曾经警告过你吗？到你死的那天，你都成不了男子汉。

伊东委屈却不敢还击，怯怯地说，我喜欢的那个女人确实好。她不仅漂亮，而且能干。她是我的副手，我们只能天天在一起。

那么萧樯呢？

我们的感情早已淡薄。你知道，任何夫妻都会如此。是的，似乎只有做爱才能证明我们曾经彼此深爱过……

伊东。米墟中止伊东的坦白，你不觉得眼下的爱情很危险吗？

但是，箭在弦上……

折了那箭。

不过，我们在一起的时间虽然很多，但做爱的机会却很少……

听着，伊东，我回来或者就是为了教唆你的。这样的爱情当然很难，毕竟你们都有各自的家庭。

你怎么知道她有家庭？

这是显而易见的，你瞒不住我。于是在公众面前你们只能意淫，而私下的场合又几乎没有，那么，你需要我的锦囊妙计吗？

伊东仿佛遇到救星般地巴望着，那个阳光下棱角坚毅的米墟。

总之从第一刻的真诚坦白，就让这对久别的朋友再度亲密起来。尤其置身于婚外情中，他们就更是惺惺相惜。那天他们一直坐到咖啡馆打烊，然后直奔酒吧。伊东回家的时候，房子里已是一片黑暗。

三

余荩推门进来的时候已是黄昏。余荩说她没有别的意思，只是想透过伊东向西的房间看窗外落日。出版社只有这一个房间能看到落日，而恰好伊东升任总编室主任的时候就同时拥有了这窗外美景。

余荩说落日是大自然中最美的景色，但最美的东西却总是稍纵即逝。于是当黄昏将尽的时候她总会带着照相机，敲开伊东办公室的门。那种有着长镜头的相机背在她身上，就仿佛要将她压倒。然后她推开窗就开始噼里啪啦地拍摄，以至于伊东只要一想到余荩，就恍惚能听到那机关枪一样的快门声。

然后余荩悄然离去。当然出门前她会说一声谢谢。她说伊

9

东没搬到这间办公室时,她根本不敢对伊东的前任提出这样的请求。而她最大的愿望就是为自己举办一个《长河落日》的摄影展。她说她不想每天在这样的时刻,影响伊东的工作。她又说,伊东你真该庆幸有这样的一扇西窗。落日是怎样欣赏都欣赏不够的,天边那云锦一般的色彩。

或者就因为日落,伊东开始接近余苈。他们尽管已认识多年,唯有如此相处才会真正相互了解。他觉得余苈是个充满感觉的女人,她尽管不算很美,但她的感觉却总是很独特。于是余苈在伊东心中成了某种感性的化身,伊东就像读教科书那样一页一页地读着余苈。

后来他知道余苈毕业于美术学院油画系,足见这女人此前一直不曾进入伊东的视野。余苈被分配到出版社后,便把所有的心思都放在了图书装帧上。或者就因为有了余苈,社里的图书包装才能在业内脱颖而出。

伴随着伊东的升迁,不久后余苈也被提升为总编室副主任。同时社里又专门为她成立了工作室,将所有美术编辑归在她的麾下。

这之前,伊东和余苈并没有身体的接触。他们只是相互配合,由衷欣赏对方的才华。伴随着正副主任的工作关系,他们的交往多了起来。伊东对余苈的印象也越来越好。他觉得这女人就像陈酿,要慢慢体会才能品出她的味道。

　　当然伊东也不是看不出她的某种做作，甚至自以为是。他只是觉得余荩在本质上还是一个得体的女人，而且她的品味确实优雅。她并且是个有着浪漫情怀和诗意感觉的女人，仿佛世间万事万物都能调动起她的热情。所以余荩又是一个敏感多情的女人，在如此物质的生活中，伊东身边这样的女人已经越来越少了，甚至包括他妻子。

　　他们的感情从落日开始。那无边的夕阳就像无形的纽带，在每个黄昏到来的时刻将他们连接起来。这种感觉让伊东不可思议，为什么他们每天在一起，却从未产生过微妙感觉，直到西窗有了余荩的落日。

　　事实上，每个人情感神经中最敏感的部位是不一样的。譬如，一向强势的社长所以喜欢上发行部的小婉，仅仅是因为小婉不仅能陪客户喝酒，也能替社长喝酒，于是他们的恋情起于觥筹交错。不久后小婉被提升为发行部主任。再不久，传出社长夫人和小婉大打出手的风波，以至于能干的小婉只好被调到其他出版社，而社长也不得不在众所周知的桃色事件中提前退休。

　　总之伊东和余荩的恋情始于落日。无论如何这是一个很美的开始。最初伊东允许余荩拍摄时，他只是径自坐在办公桌前，忙着自己的工作。但后来余荩来得多了，他便会主动让出场地，到其他办公室去聊天。后来偶然的一次，他正在接听电话，显然谈论的话题让他觉得很无聊，他便漫不经心地看着眼前正在拍照的余苈。那一刻余苈刚好被夕阳照耀得无比灿烂，而她的侧影就像是一个完美的雕像。那侧影不仅勾勒出余苈的面目轮廓，还勾画出她丰满的乳房。便是那一刻，伊东动心了。那一刻，他真想把眼前这个身上洒满金色光辉的女人抱在怀中，不管她是谁。

这以后，大凡余苈拍摄的时候，他就不再走了。他要从头至尾地看着她，欣赏她，哪怕她不是他的女人。他不仅贪婪地望着落日中女人完美的线条，偶尔他也会走到窗边，和余苈一道欣赏那片被她称之为大自然中最美的景色。

慢慢地，他竟然和余苈一样开始日复一日地关注夕阳。他甚至每天都期待着这个有余苈镶嵌其中的美丽时刻。他觉得只有余苈这种女人才能调动起他作为男人的梦想和激情。也只有余苈在他眼前晃动时，他才能意识到自己的麻木到底有多久了。

就这样，伊东以为是太阳将他们连在了一起，于是他开始热爱太阳，热爱窗外景色。进而他开始声讨自己乏味的人生。几十年来，他竟然对大自然的万事万物毫无感觉，他觉得这简直是对自然宇宙的漠视和亵渎。

不久后他和余苈有了肉体关系。那是一个醉人的夜晚。

那些天余苈出差在外，在全国书市上推销他们的产品。余苈不在，总编室诸多事宜运转不畅，伊东便愈发想念她。每每夕阳西下，他就更是莫名的感伤。后来他打电话催余荩回来，尽管他知道，行前她已订好了往返机票。伊东所以要如此催促，其实不过是为了表达某种牵挂。他觉得余荩应该能参透他的心意，那时候他想她已经想到神思恍惚。

然后就到了黄昏。伊东知道余荩一行已下了飞机，此刻正在回家的路上。他开始三番五次给余荩电话，全是些书籍设计方面的内容，让她觉得若不立刻返回社里，就是对工作的轻慢。于是把所有疲惫不堪的同事都放回家，唯独她从机场直奔出版社。

余荩一坐上出租车就给伊东打了电话，告诉他正在往回赶，只是路上很堵。伊东身不由己地激动起来，甚至手脚冰凉，紧张的感觉，就好像在面对考试或讲演什么的。他开始整理办公室，并清洗茶杯。关键是，他竟然擦拭了向西的那扇玻璃窗。只是在做着这一切的时候，伊东根本就不知道自己到底做了什么。

总之他开始心怀敬意地等待落日。他知道等待落日就等于是等待余荩。他发现自己其实并不是朽木不可雕。在余荩的感召下他不是也能感受到大自然的诗情画意了吗？

然而在落日即将降临的时刻，窗外却蓦地雷声大作，黑云翻滚，天空瞬时一片昏暗。伊东顿时沮丧失望，甚至某种痛不欲生。为什么当余荩就要回来的时刻却漫天浓云？为什么在久别重逢的时刻不见了夕阳？

紧接着大雨如注，撞击着西窗。伊东愈加迷惘起来，以为没有了落日，也就没有了他和余荩的未来。他在办公室里来回踱步，在窗外的风雨飘摇中等待自己渴望的人。他不记得自己到底等了多久，亦不曾去看墙上缓慢行走的挂钟。

他最终还是决定取消这次约会。在给余荩电话中说你还是回家吧。但话音未落就响起了敲门声。紧接着周身湿透的余荩就站在了他面前。

那一刻。那一刻伊东简直不敢相信，他如此魂牵梦萦的女人竟然就在眼前。他下意识地看了一眼墙上的钟，想不到自己在五内俱焚中竟已经等到了九点。他于是立刻想到社里一定已经没有人了。他不知想到这些究竟意味了什么。他只是突然发现窗外已悄无声息，在静寂中沉入深深的黑夜。

于是他仿佛安定下来，递过毛巾想要擦掉余荩脸上的雨水。但他所做的却是蓦地将这个湿漉漉的冰冷女人抱在了怀中。他自己都不知这突如其来的爆发力来自何方。他坚信那一刻他并不想那样做。以他的性格，他至少要事先征得对方的同意。那一刻他或许太想念余荩了，于是他不顾一切地径直地这样做了。他甚至不在乎余荩是否会因此而怨恨他。

就这样伊东将余荩紧紧抱在胸前，就像久别重逢的恋人，而此前，他们并不是恋人。但伊东已经顾不上这些了，他开始肆无忌惮地亲吻余荩的肌肤。他做着这些的时候也曾闪念，余荩会不会反感，进而反抗。但即或被斥责他也在所不惜，但很快他就知道他们是两情相悦了。

余荩没有拒绝伊东的爱抚。于是伊东豁然开朗。他终于知道他和余荩的感情，已经不单单是被落日控制了。那是他们两个人的感情，是日久天长的本能爆发。

在那个晚上他们一不做二不休。伊东锁上了办公室的门，又顺手按灭了房间里的灯。

余荩的沉默就像号令。伊东毫不犹豫地剥光了余荩。他让她倚靠在沙发上，然后无所顾忌地贴近她。他说他太想她的身体了。他说他每天都在想念她。他说无论工作还是情感都已经离不开她。他也不能没有落日，没有余荩在每个夕阳西下的时刻走进他的办公室，更不能，没有他和她这铭心刻骨的肌肤之亲。

如此他温存着身下这个让他朝思暮想的女人。那么轻柔的身体，委婉的呻吟，尽管黑暗中他什么也看不到。但只要能感觉到她身体中的激情，伊东就觉得不枉此生了。

那个夜晚之后一切都改变了。尽管夕阳还是那轮夕阳，但伊东，他知道他的爱已经无需再凭借窗外的景象了。

四

伊东回家时房间里一片黑暗。萧樯竟然连一丝光也不给他留下。于是他知道萧樯一定是不高兴了。自儿子半年前留学美国，萧樯就仿佛变了一个人似的，好像每天、每个时辰都不高兴。

伊东小心翼翼推开卧室的门，踉踉跄跄地歪倒在床上。他几乎同一时刻就进入了梦乡，但也几乎同一时刻，他又被身后的锤击声弄醒。

迷蒙中伊东想打开床头灯，努力张开眼睛才发现房间里已灯火通明。然后就听到萧樯的抱怨，又是满身酒气，你离我远点。紧接着一股蛮力几乎把伊东推到床下。快去洗澡，不洗澡就别上我的床。

伊东的大半个身子悬在床外。萧樯的抱怨还不曾停止。忍无可忍中，伊东不得不离开温暖的床，磕磕绊绊地朝着卫生间的方向。突然他觉得很不舒服，凭什么他总是被萧樯挤兑，他到底欠了她什么啦。

于是他怒气冲冲回到床边。他想说，他们不是不可以离婚的。但他却看到了妻子赤裸的身体，看到她愤恨中仍不曾失却的那一份慵懒。于是一股莫名的冲动，让他报复性地逼向妻子。他本来是想痛打她一顿的，但扭打中却不知不觉改变了方向。于是夫妻之间的角斗成了风花雪月，尽管他们都不曾泯灭满腔的怨愤。

伊东很快完成了这个过程。然后又很快进入了梦境。他记得梦境中快乐极了，只是快乐中没有心爱的女人。于是不由得长吁短叹，为什么人生总是不尽如人意。

梦醒是因为电话铃响。恍惚间伊东不知自己身在何方。睁开眼才发现自己是睡在沙发上，于是一股无名的火。然后就听到萧樯在电话里抱怨，并且抽抽嗒嗒，仿佛受了无尽委屈。当然他很快就听出她在和谁说话，电话那端肯定是儿子。但他并不想和儿子说什么。儿子永远是儿子，至少在这一点上，伊东对自己充满自信。

然后他认真地洗了澡，洗尽昨夜和米墟的醉。

之后他神清气爽走进餐厅，和萧樯对坐在餐桌前。尽管儿子已经出国，萧樯却每顿饭都要摆上他的餐具。这一点也让伊东非常反感，却也不想干涉她荒唐的念头。

知道我昨晚为什么会酩酊大醉？

我怎么会知道你和什么乌合之众在一起。

还记得米墟吗？

米墟，萧樯似是而非的表情，哪个米墟？

还有谁，你儿时的同桌，我的校友。

你是说米墟？他不是去了美国？

他回来了。我们偶然在街头相遇。我们在第一秒钟就认出了对方，尽管我们都有了很大变化。就仿佛中间并没有隔着二十年，就仿佛我们依旧住在男生宿舍的上下铺上。友谊有时候就是这样，我们仍旧是原先的那个自己。

确实很多年没他的消息了。萧樯让自己回到平静。

他说他拿到美国护照的第二天就飞回来了。他说是因为这里的一个女孩子在冥冥中召唤他。

萧樯不屑地撇了撇嘴，看来他此生不会脱胎换骨了。

不过他还像原来一样风流潇洒，还说哪天请我们吃饭。或者我们也可以把他请到家中？

萧樯不置可否地收拾餐桌。

那也是你的朋友，干吗这么冷淡？

他有他的生活，与我们何干。

说不定他会帮助我们在美国的儿子？

谁知道他是干什么的？

他开着一辆漂亮的沃尔沃轿车。他建议我们也买一辆车。他说汽车将带给我们全新的生活理念。

萧樯不以为然，你还是那么相信他？真是不可救药。

你不是一直希望我们的生活与众不同吗？于是我们做到了未婚先孕，结婚不操办任何仪式。接下来约法三章，不干涉各自的隐私，并且经济独立。而汽车，米墟说，迟早会成为中国人必备的交通工具。

萧樯不再说话，转身离开。走进书房后大声说，我今天下午有课，你呢？

我？伊东竟然迟疑了一下，我……

不会还是去聆听米墟的教诲吧。

是的，当然，今天是星期六吧？星期六，我想我该去看望我的父母。我已经三个礼拜没见他们了，你和我一道去吗？

你明明知道我有课。

五

在父母家的小区里，伊东远远地就看到了戴着墨镜的余荙。她有点紧张地站在花坛前，和仿佛不认识的伊东擦肩而过。当然他们用眼角的余光暗示了对方。显然他们已经不是第一次来到这里。他们的行迹很像间谍，偷偷摸摸，只是为了一己的苟欢。

伊东匆匆走上楼梯，用钥匙打开空无一人的父母家。他知道这个周末妹妹和妹夫都公务在身，所以父母要去妹妹家为他们照看孩子。这也就天造地设地为他们提供了场所。伊东按约定站在窗口，很快余荙便鬼影般地闪进门来。尽管他们都觉得这种鬼鬼祟祟的感觉很不好，甚至有失尊严，但为了欲望，只能做出如此无奈之举。

进屋后做的第一件事，就是急不可待地相互给予。他们匆匆地做，又匆匆完成，仿佛不立竿见影就虚度了时光。然后丝丝缕缕缠绵的情话，其中伴随着热烈的爱抚。慢慢地，新一轮激情再度奔涌而来……伴随着他们越来越相互吸引，以至于他们唯一想做的，就是两个肉体能一丝不挂地追云逐月了。

那一段日子伊东就像热锅上的蚂蚁，被妻子决意卖房的念头折磨。自从生活中有了余苨，伊东家那套闲置的旧房，自然而然成了他们缠绵的温床。但妻子一意孤行的举动，无疑彻底破碎了他们爱的秩序。伊东当然知道萧樯卖房是为了筹集儿子在美国读书的学费，却不知她是否真的已将旧房提交到房屋交易中心。总之萧樯拿走了旧房所有的钥匙，理由是交易中心随时会带买家看房。尽管伊东对此心存疑虑，但他已经无计可施。

事实上自从那个暴风雨之夜，伊东就开始计划他和余苨的生活了。他们不可能立刻摆脱眼下的现状，但也绝不会轻易放弃他们的肉体关系。于是他们开始寻找欲望得以延续的机会和场所。那时候，他们几乎每天下班后都会匆匆赶到旧房，从那里发出迷人而放荡的喘息声。哪怕只有半个小时，甚至十分钟，他们也能谱写出散发着精液味道的诗篇。只要身体挨着身体，气息交会着气息。总之，只要一想到旧房那荡气回肠的时光，伊东和余苨就喟叹不已。毕竟那是一段美好的时光，只是那样的光景已一去不复返。

伴随着萧樯掠走温暖的旧房，伊东和余苨就仿佛被赶到了大街上，无家可归。就仿佛他们的爱情不是爱情，他们的欲望也不是欲望。从此他们只能游击战般，将爱欲飘洒在任何莫名的角落，甚至不顾脸面地钻进小旅馆肮脏的钟点房。

当他们在伊东父母的床上完成了第二次，伊东突然信誓旦旦，他说他已经不在乎卖房了，卖了房我就可以买一辆汽车了。

汽车跟我们有什么关系？

有了车，生活就完全不同了。

余荩一边让伊东为她系上乳罩的挂钩，一边对着镜子梳理头发。

你怎么不兴奋呢？

余荩转身看着伊东，我必须走了，我女儿的补习班就要放学了。

听着，有了车就等于有了一个我们自己的房子。我们可以把那里当作我们的家……

说什么呢，伊东，胡话吧？

我想要买车全都是为了你，为了我们。在汽车里我们什么都可以做，包括做爱。总之再不会有人干扰我们，也再不会让你满心惊悸。

余荩捧着伊东的脸，别做梦了。

真的，我的一个朋友从美国来，就为了他魂牵梦绕的一个女孩。回国后他做的第一件事就是买了一辆车，他说他就是喜欢在汽车里做爱……

余荩穿上她的外衣，说她真的要走了。她不想让女儿孤零零地站在街头等着她。作为母亲，她说她已经很不称职了。

伊东于是放开余荩。他从来不想她为难。他恋恋不舍地把她送到门口。在门口，他长时间将她拥在胸前，在她耳边轻声说，等有一天买了车，我会天天接送你……

他们在门口恋恋不舍。他们吻别着最后的温情。他说他只要贴近她就会立刻燃烧。他说他每一分钟都可以重新开始。

于是他不想让余荩离开。他要她抚摸他的欲望。他要她告诉他，此刻她是不是也想要他。却听到她说，别，真的，我女儿在等我……

但他还是扯开余荩的外衣，疯狂亲吻她明媚的肌肤。于是一发而不可收地进入了第三次。而他们的每一次云雨都是充盈的。他们缠绕着喘息着将身体毫无保留地交给对方。待第三次终于完结的时候，余荩甚至连纽扣都没有系好就拉开了房门。

然而就在她打开房门的那一刻，门外竟刚好有一位走上楼梯的老妇人。她站在余荩的对面质疑地看着她。看着她凌乱的头发和惶恐的表情，老妇人立刻就明白了自己家中发生了什么。但在愤怒和不屑的鄙夷中，她还是给了余荩一丝勉强的微笑。

老太太进门后立刻大发雷霆。因为她竟然看到了赤身裸体的儿子。伊东想要穿上点什么，却被母亲在身后追打，就像他还是当年那个不听话的淘气包。

待伊东终于穿戴整齐，母亲竟开始泣不成声。你怎么能做出这种事情？你不是我儿子。那女人到底是谁？你在哪儿认识的？我看她年龄也不小了，怎么会这么不自重？是你在骗她，还是她在勾引你？你们到底想要怎么样……

妈妈，伊东打断母亲的责难，您要理解我，我们已经很不幸了。

那是你自找的，母亲恨恨地说，那么你想要离婚啦？

这和婚姻是两回事。

那你就更是不可救药了。

伊东不再理睬母亲。

你听到没有，今后我不许你再把那个女人带进我家。

伊东打开房门准备离开，母亲竟冲过来挡住伊东。然后伸出手，伊东不解。钥匙，母亲斩钉截铁，把我家的钥匙还给我。

妈妈，伊东几乎在恳求，我保证今后……

给我。母亲毫不含糊。

伊东只好把钥匙还给母亲，然后负气地离开。他知道，母亲的拒绝就等于是又关上了一扇门。那一刻，伊东痛苦得甚至闪现过想要自杀的念头。他当然知道在母亲家幽会不是长远之计，也知道迟早有一天会被母亲发现。他后悔因为如果没有第三次，没有他的欲壑难填，余荩就不会被母亲撞上，他们也就可以继续在这里见缝插针地苟欢了。想起来这所有的这一切都是自己造成的，他为此而悔恨不已，不知余荩是否能原谅他。

不过幸好发出逐客令的不是别人，而是母亲，所以伊东坚信无论在怎样的情况下，母亲都不会将他的绯闻公之于众，更不会告诉他妻子。母亲毕竟是母亲，她可以打他骂他，却绝不会出卖他，这是伊东被母亲赶出家门后唯一的欣慰。

六

伊东曾承诺探望过父母后就回家，但沮丧和恼怒让他立刻给米墟打了电话。

又碰壁了？你以为红杏出墙就那么容易？米墟玩世不恭的口气，别那么认真行吗？办法总是有的，米墟转而安慰伊东，只要，你爱的女人，她也爱你。

米墟尽管说着不咸不淡的风凉话，却还是开车来到伊东父母家的小区外。中午他们一道吃了便餐，杯盏中自然少不了劝说。然后就去了米墟郊外的家，富人区一片宁静的优雅。米墟的房子上下三层，豪华阔绰，一看就知道他在美国挣足了钱。

伊东手机铃响，他看都不看就关掉了。

有那么可怕吗？米墟揶揄的目光。

伊东说这会儿谁的电话也不想接。

米墟说当然，有时候就是要独自舔心上的血。

晚饭也是在米墟家吃的。他真的能做出一桌好菜。他说后来在美国就光剩下研究菜谱了，只要朋友有重要聚会，他都会以志愿者的身份充任主厨。

他们闲聊着直到窗外传来一阵汽车轰鸣声。透过窗伊东看到一辆流线型的红色跑车。紧随着几声清脆的喇叭，一个穿着简洁的女人走进来。伊东猜测，这就是将米墟锁入囊中的那个勾魂摄魄的女人。

女人摘下墨镜，脱掉外衣，落落大方地和伊东握手。她说几年前在美国就听米墟说起过您。然后毫不在乎地和米墟拥抱接吻。接下来端起一杯白葡萄酒坐在沙发上，同时点燃嘴里叼着的香烟。

他们依照美国人的习惯，首先坐在沙发前喝餐前酒。无意中伊东发现女人的位置，竟然正对着茶几上米墟一家（包括妻子儿女）的照片。他也是第一次看到米墟的老婆，很漂亮也很风情的那种，看上去让人赏心悦目。他只是不知道面对这张照片的女人作何感想。

您觉得应该把这张照片放在哪儿？那女人上来就洞穿了伊东的疑问。是拿到别的什么地方还是藏起来？女人悠然地啜一口酒，将红红的唇印烙在高脚杯上。我们是唯物主义者，对吧？

所以必须要承认并面对现实。您以为我的神经有那么脆弱吗？米就是想通过这些细节，锤炼我迷茫而妒忌的天性。我就是喜欢这样的磨砺，对吧？女人调侃。

米墟自嘲地拿走镜框，说，现在我们可以开饭了。

席间米墟和伊东都喝了很多酒，他们的谈话也变得肆无忌惮。米墟大谈他和这女人怎样在美国的酒店做爱。从纽约到洛杉矶，走一路，做一路，就做成了他们今天的难舍难分。说到动情处米墟竟海誓山盟，说他真的不再回美国了。那种没有根的感觉，那种只想吃中国饭只想说中国话一看见洋人面孔就想揍对方的感觉，没有他妈的设身处地你们是不会理解的。然后米墟又说到离婚，说这一程序已经纳入了他和他太太的议事日程。事实上，自从他认识了这个女人就和太太同床异梦了，所以迟早……

迟，还是早？女人突然冷冷地问。

我不是已经在你身边了么，米墟有点委屈地辩解着。

但女人对米墟的许诺似乎根本就不在意。她只是不停地啜着白葡萄酒，几乎什么也不曾吃。待酒酣耳热，醉眼迷离，米墟又开始和女人缠绵。偶尔转身看到伊东，才又问，你到底有什么问题？

于是伊东开始陈述他和余苉的来龙去脉……

这些我都知道了，米墟叫停伊东，说你的难处。

我和你不同，我不想离婚，当然萧樯也不会同意。

这算什么问题？

我觉得爱一个女人和家庭无关。不离婚并不意味着不能爱别的女人。

没错，对吧？米墟问着他身边的女人。

只是这种关系太辛苦了，甚至连做爱的地方都没有，米墟，你不会……

伊东这样说着的时候满脸愁苦，而米墟听后却开怀大笑。你怎么像个怨妇似的，或者，像文艺小青年？

我是认真的。伊东突然生出几分恼怒。

我当然知道你是认真的，没关系，办法总是有的，还记得我建议你买一辆汽车吗？

买车谈何容易，我还要学开车。

学开车有那么难吗？除非你他妈的不想要那个女人了。

可我怎么和萧樯说？我干吗非要……

这有什么为难的？就说汽车将拓展人的生活，甚至会改变你们生存的方式。汽车就像一个行走的房子，在室外却有了一种室内的感觉，所以买车就等于又买了一个房间，并且这个房子还拥有一种流动的功能。它将赋予你们更多的方便和自由。他妈的，如果萧樯连这都听不懂，她就白活了。

她从来都是靠惯性思考。

当然，你这种婚外恋中的男人就更需要汽车，因为只有汽车能全天候地为你们提供私密的空间。从此你再不用求父母，找旅社，或冒办公室之大不韪，你所想要的一切都可以在汽车里完成。当然，你不是那种容易被潮流牵着走的人，但你却是花心的人。所以，哪怕单单是为了你那段凄迷的感情，坚信的悲凉，你也要牢记我的教诲，你不觉得听君一席话……

是的，浓云密布中，就仿佛被你撕开了一丝光亮……

岂止一丝光亮，简直就是灯塔。

只是，萧樯那边……

米墟重重地拍着伊东的肩膀，我本应说萧樯那边我就无能为力了，而且小时候我就迷恋她，至今。但我更看重男人间的友谊，我一直觉得男人女人无论怎样海誓山盟，最终不过点点浮云。所以我更同情你可怜的现状，好吧，萧樯那边就交给我了，怎么样？

那晚是米墟的女人把伊东送回家的。尽管那女人也喝了酒，却始终清醒。一路上伊东昏昏沉沉，缄默无言。而那女人说过的唯一的话是，你睡吧。

在伊东家楼下女人停靠路边。她摇醒了正在酣睡的男人。她并没有扶他下车，只是伸长胳膊打开了伊东那边的车门。当伊东踉踉跄跄地走出去，她便"轰"的一声绝尘而去，在路灯下，就像是午夜的一道红色闪电。

七

伊东当然要面对妻子的责问。他对此已经做好了充分的准备。他需要解释吗？这一天他到底去了哪儿？萧樯肯定给伊东的父母打过电话。母亲可以打他，骂他，甚而索回家中的钥匙，却绝不会让自己的儿子掉进儿媳妇的陷阱，这是天经地义的。

萧樯只知道伊东午后就离开了父母家，那么接下来的那个午后和漫长的夜晚他又在哪儿呢？萧樯毫不迟疑地相信伊东一定和女人在一起，这也就意味了伊东很可能已经有了外遇。只是这女人到底是谁呢？在漫长的时间里他们又待在什么地方？做了什么呢？

当伊东又一次醉醺醺地出现在午夜的卧室中，面对妻子歇斯底里的质问，他只好给米墟打了电话。他要萧樯直接和米墟对话，萧樯却把伊东的手机狠狠摔在地上。她觉得这是伊东对她的羞辱，并且她根本就不信电话的那端是米墟。即或米墟真的回来了，她也看不起伊东一天到晚追随他。

伊东说他就是要和米墟在一起。男人就不能有朋友啦？干吗要拴在女人的裤腰带上，那还算是个男人吗？我当然要有朋友，有同事，甚至无伤大雅的艳遇，男人的生活怎么就不能丰富多彩？可你看看我，我都有什么？伊东说着竟然眼泪汪汪。

这些话当然是借着酒劲说出的。但伊东的委屈还是让萧樯生出一丝怜悯。以伊东的为人，他可能确实是和米墟在一起。她这样想着，觉得也许真的冤枉了伊东。随之帮他脱掉衣服，让他醉醺醺地倒在床上。

伊东如释重负般酣睡起来，全不顾身边还有不眠的妻子。萧樯由怜悯生出莫名的期许，用身体摩擦着他们年深日久的渴望。萧樯慢慢欲火中烧，那已经停不下来的激情，环绕着伊东的每一寸肌肤。但无论萧樯怎样诱惑这个酒醉的男人，他就是纹丝不动，仿佛被泡在麻醉药水中。

萧樯以为那是酒精使然，却不知那个上午，伊东已经在父母家发动过三次摧枯拉朽的进攻。在这样的背景下，他怎么可能再满足老婆呢？他不是不想奋起，只是已经力不从心。

在妻子身边，他最终躲过了一劫。但余荩那边就不那么好安抚了。在米墟家，他确实看到了余荩打来的无数电话，但他一个也没有接。那一刻他不知自己该怎样解释，也不想听余荩对母亲的那些抱怨。

接下来余荩也不再接伊东的电话，更不想听他那些无谓的解释。除了工作，她不再逗留于伊东的办公室，以至于同事们都觉出了他们之间的嫌隙。于是他们竟真的疏远，大凡不伦之恋都会落到这步田地。

伊东便怀着凄苦的心境等待西窗落日。他只要一想到黄昏景象就不禁满心悲凉。他说服自己不要再寄望于肉体的厮磨，他坚信有余荩给予他的黄昏美景就足够了。但他也知道这是自欺欺人，他已经开始魂不守舍地想念余荩了。直到快下班后仍不见她的踪影，于是他鼓起勇气给她打电话。他知道电话就在余荩桌上，接听电话的却不是余荩。年轻编辑说她已经走了。

她怎么说走就走，还没有下班，社里有事……算啦算啦。伊东已觉察出对方的紧张，他什么也没说就挂断了电话。

伊东拼命压抑着满腔恼怒。紧接着又抓起电话打余荩的手机，却一直是"暂时无法接通"，让他更是火冒三丈。

直到第二天清晨伊东才见到余荩。而他看到余荩的时候，已经"为伊消得人憔悴"。他在走廊上和余荩擦肩而过。他们甚至都没有正眼看对方。伊东一走进办公室就打电话，要余荩立刻到他办公室来。

余荩一推开门，就被伊东紧紧抱住，他甚至来不及关上余荩身后的门。尽管他们曾相约不在办公室亲昵，但伊东还是抱住余荩，哪怕随时随地都会有人推门而入。这一刻伊东已经什么都顾不上了，他只是将余荩牢牢抵在门上，然后开始亲吻她。

他想这冒险或许能赢回女人的芳心。他更是在喃喃细语中，许诺那个流动的房间。他说我们很快就能有一个独处的地方了。你应该像我一样看到明天的光明和幸福。他要余荩接受这个能够预期的未来……

却蓦地一阵剧痛。

余荩近乎残酷地咬破伊东的嘴唇，让自己终于从伊东的狂热中解脱出来。她知道她的嘴边沾满了伊东的血。她狠狠地抹掉了那咸腥的味道。她想转身离开，却被伊东奋力阻截。于是她站得远远的，在西窗下，并不停地警告，你别过来，别过来……

转而她满眼泪水，哀求般地说，放了我吧，放了我们吧。

可这西窗的斜阳……

不，那不过是海市蜃楼，无望的幻影。你就看不到么？

八

大概已经有一段时间了，尽管他们并没有荒废床上的耕耘，但萧樯还是隐约觉出肉体间的貌合神离。于是戒备之心油然而生，无论怎样的状况都令她疑虑不安。她开始关注伊东的每一个电话，不过她不会察看伊东的手机。她堂堂教师怎么能如此下作，她觉得那是对自己的羞辱。

就算她表面上平静如水，但猜疑和烦恼时时困扰着她。尽管她知道伊东不是风流的男人，但唯其不风流反而更容易酿成婚姻的悲剧。伊东这个人太郑重了，以至于他也能郑重地离开家。

她只是感觉到了伊东的外遇，却无从知道投入伊东怀抱的那个女人到底是谁。她于是带着诸多疑问仔细地观察伊东，结果是，她愈加坚定了自己对伊东的判断。近日来伊东在家中的表现超乎寻常的好，不仅在家务中事无巨细，对萧樯的态度也总是和颜悦色。尤其做爱的频率不断增多，只要相互碰触到对方的身体，伊东都是有求必应。于是萧樯更觉得伊东若不是心怀愧疚，他怎么可能对她如此百依百顺？

不久后虚伪的面纱终于被撕开，在谈及如何处理闲置的旧房时，他们夫妻大动干戈。萧樯说昨天儿子打来电话，说他被波士顿大学的法学系录取了。儿子说他也没想到，那是非常好的大学和专业。三年后就能成为法学博士，而这个职业未来的年薪会非常高。

到底是我们的儿子，伊东听后异常兴奋，甚至紧紧拥抱了萧樯。

只是，三年的学费极为昂贵……

怕什么，只要他能得到最好的教育。

每年四万美金，还不包括生活费。

总有办法的，不就三年吗？

可对于咱们来说是天文数字，要知道四万是美元而不是人民币。

也不过几十万，没什么了不起的，只要儿子好。

昨晚我一夜没睡。为什么好事总要伴随着困难。不过我都想好了。

想好什么了？

卖掉那套旧房子，反正闲着也是闲着。

你是说……伊东顿时谈虎色变。

对，我是说卖掉房子，儿子就能读最好的专业，并衣食无忧了。

那房子不是留给儿子的吗？伊东反常地露出一种激愤。

留给他和供他上学是一样的。我们的生活也不会捉襟见肘。

伊东立刻一百八十度大转弯，他不是已经得到克拉克大学的奖学金了吗？

可波士顿大学的法学院更好。

有什么不一样的，咱们这种工薪阶层怎么付得起如此昂贵的美国学费，他又不是不知道。

如果卖了房子，我们就付得起儿子的学费。

他就不能勤工俭学或者贷款吗？他也是成年人了。

你到底什么意思？萧樯显然被激怒了，难道被荒置在那里的破房子比儿子还重要？

我是说，现在就出手，肯定吃亏。大家都在说，未来房价会越来越贵，我们干吗做冤大头？

你到底是怎么想的？萧槠开始咄咄逼人，那房子对你来说究竟意味了什么？是你的官邸还是行宫，抑或和情人幽会的鸳鸯楼？为什么一说到卖房你就火冒三丈？

我只是……伊东觉出了自己的不近人情。

告诉你吧，萧槠已经义愤填膺，不管吃多大亏我都在所不惜。在我的生活中，儿子的未来永远是第一位的。我不能眼看着他因为没钱而断送了大好前程。而作为父亲，你难道不应该也这样想吗？

伊东努力让自己的情绪稳定下来。他已经意识到自己刚才的辩驳有些过分。他也知道自己之所以不想卖掉旧房，就因为不想彻底失去和余荩做爱的地方。这已经是他们最后的领地了，如果连这个破旧的地方都不复存在，那他们的爱情还有什么？

他知道自己本能的反弹，已经深深伤害了萧槠。于是他想补救自己的失误，尽量和颜悦色地安慰萧槠。我不是不管儿子，也不是不想卖房子。我只是想再等等看，如果能卖出更高的价格不是更好吗？再说三年的学费也不是一起交，我们当然可以慢慢来……

伊东这样说着甚至拥抱了已经泪流满面的妻子。他承认自己态度不好，毕竟那笔学费昂贵得出人意料，他对此没有任何思想准备。但无论怎么困难最终都是可以解决的。他抚慰了萧槠之后就离开了家。

尽管对卖掉旧房已别无选择，但只要伊东一想到从此再没有能和余荩固定幽会的地方，就不禁满心伤痛。他承认自己在妻子提出卖房的那一刻，第一个想到的不是儿子，而是余荩。当然想到了余荩就等于是想到了自己，想到了他们那浪漫而又温馨的地下情。他知道对于现实的婚姻来说，这就像一场梦。他不想醒来，更不想在梦中失去他们的家园。他这样想着便懊恼忧伤，更不知自己该怎样向余荩解释这个悲剧一般的现实。

如此激烈的角逐虽然不了了之，但萧樯却更加坚定了卖房的决心。如果说此前她还会和伊东商量的话，那么此刻，她就已经决意破釜沉舟了。

她不能原谅伊东在那一刻表现出来的冷酷无情。作为父亲，他不是说过儿子就是一切吗？曾几何时，他竟能说出儿子为什么非要上最好的大学最好的专业？又为什么不能勤工俭学赚取自己的学费呢？她只要一想到伊东说出的这些话就不禁周身发麻，作为父亲，他怎么能如此恩断义绝？

于是萧樯更加坚信伊东有了女人。如果不是害怕失去那个鬼混的地方，伊东或许说不出如此残酷无情的话来，甚至想都想不出。

总之萧樯不再迟疑。与其说她要为儿子筹集学费，不如说她已经把卖房当作铲除私欲的手段了。在这一点上，他们夫妻竟全都游离了儿子本身的需求，将所思所为都建立在了自身利益的基础上。

伴随着他们各怀心事，家庭中的冷战也势所难免。争吵当天，伊东就搬到了儿子的房间睡觉。接下来很长一段时间，他们几乎不说话，自然也无从知晓对方的行踪。那以后伊东总是很晚回家，晚饭也大多在外面吃。即或儿子打来电话他也不接，就好像他真的不在家。

漫长的冷战，让他们之间的关系日益紧张，甚而互相仇恨。久而久之，他们竟真的结下仇怨，不想再挽回这冷漠的现状。如此肃杀的气氛让他们喘不过气来，进而将这种毁灭性的生活视为地狱。

他们将这种令人窒息的冷战持续了很久，最终以伊东的不辞而别达到顶峰。伊东连续三天不回家，也没有关于他的任何消息。这当然最大限度地激怒了萧樯，她不知这个男人是死是活，亦不知他是出差，还是干脆住进了情妇家。

从伊东夜不归宿的第一个晚上，萧樯就想给他打电话，但又很难鼓起勇气。尽管她很多次拨通伊东的号码，却都在即将接通的那一刻选择了放弃。三天中她三次来到出版大楼门外，又潸然离开。三天中萧樯不断想起伊东的好，哪怕他深深伤害了她。但只要他能回到她身边，哪怕偶尔和情妇在一起。这是萧樯最后的底线了，她已经为此而放弃了很多。

三天中萧樯也多次来到旧房，并不是为了搜寻伊东的蛛丝马迹。她只是为了思念杳无音讯的丈夫，她坚信旧房中依旧回环着他们曾经的美好时光。她进而哀戚伊东的不知所终，而这所有的罪恶，在萧樯看来都是那个诱惑伊东的女人造成的。

为了她，伊东才会如此看重这套旧房。因为他们需要有个苟合的地方。所以这房子对萧樯来说就像火药筒，随时随地都可能炸毁他们的家。

当萧樯打开旧屋的房门，竟有一股迷乱的味道扑面而来。她不知这味道来自何方，晦暗并且腐朽。然后她本能地想到雨果的《巴黎圣母院》。她记得最后的景象是钟楼怪人紧抱着艾斯梅拉达。只是他们死后才能拥有如此令人感动的场面，但最终雨果还是让他们灰飞烟灭了。是的萧樯在这一刻就是想到了这一幕。她同时闻到了某种不曾散去的精液的味道。她知道他们一定是做完之后就匆匆离开，然后将所有恶浊的爱意深锁其间。

于是她不由自主地在房子里寻寻觅觅，期冀能发现某种偷欢的迹象。她如此探求着，反而同情起伊东和那个她所不知的女人了。在如此简陋的甚至连一张床都没有的地方，他们又能怎样做爱？她同情伊东的地方还不仅如此，古往今来，明明都是男人，伊东却不能光明正大地享受妻妾成群。他只能在这种晦暗的不见天日的地方举步维艰着他的欲望。她只是不能理解伊东何以明知不可为却偏要为之，足见诱惑了他的那个女人有多么厉害。

最终在某个不经意的角落，萧樯发现了几缕长长的发丝。那发丝显然不是她的，因她从未改变过自己的短发型。于是她又本能地想到《献给艾米莉的一朵玫瑰花》。那是福克纳早期的作品。刚刚死去的那个老妇人，将她铅灰色的发丝留在了和死去男人同床共枕的枕头上。

当然那一定是别的女人的头发。但几缕发丝又能证明什么呢？她从未真正看到过伊东把女人带到这里，亦不曾目睹他们怎样在此昏天黑地。

但萧樯还是非常愤怒。这愤怒就像烈火在心中熊熊燃烧。于是她在想象中的作案现场走来走去，恍惚间仿佛真的看到了他们做爱的景象。要么急切地脱光衣服，要么连衣服也顾不上脱。只要裸露出下体就能完成他们的罪恶。他们还会做出缱绻深情的样子，仿佛失了彼此就失了生命……

于是萧樯不再犹豫，她离开旧房，便来到街对面的房产交易中心。她义无反顾地将这套房子挂牌出售，只要能彻底根除伊东在此淫乱的可能性，哪怕仅仅是为了防患于未然。

然后就有了伊东的焦虑。他觉得自己仿佛被追杀。他不得不四处寻觅和余荩缠绵的处所，那些小旅店、钟点房，以至于不得不觊觎父母的家。是的，他已经不能满足于每天见到余荩，更不能满足于黄昏和她一道欣赏落日，既然他们已心心相印灵肉相依云雨情深。

　　那段日子，伊东总是心神不定。他当然也把现实的困境告知了余荩。他说那是他所不能改变的，但他对余荩的爱情永远不会变。

　　萧樯对此毫不知情，她只是在愤怒与悲伤中牵挂自己的男人。当三天后伊东终于回到家，打开门，萧樯竟主动接过了伊东的行李。

　　伊东说，出差，所以来不及给家里电话，后来电话就打不通了……

　　萧樯没有说她为什么要拔掉电话线。她只是走进厨房为伊东做了晚餐。伊东的突然回来让她毫无准备，但她知道自己心里是欢喜的。在看不到伊东也找不到他的那些天她就像疯子。她再也不想回到那种不堪回首的痛苦中了。然后伊东突然从身后抱住她。那一刻她显然更加慌乱了。她受宠若惊般置身于伊东温暖的臂腕中，她觉得仿佛一切又都回到了从前。但她还是想不好是和伊东和解呢，还是继续承受冷战的折磨？

　　那晚伊东一如既往地睡在儿子房间。午夜时分，却悄然无声地爬上了萧樯的床。他抚摸她亲近她却触到了她的满脸泪水，然后便怜香惜玉地将她紧紧抱在了怀中。他知道自己无论怎样深爱余荩，但最终和他共度余生的还是萧樯。不单单因为她是孩子的母亲，他确实没有理由离开这个和她生活了半生的女人。所以他才会非常明确地对母亲说，他的外遇和婚姻没有关系。

他们自然而然地完成了那个久违的过程。也大概就在激情澎湃的那一刻，他们都萌生了想要和解的愿望。这愿望，在萧樯那里，是检讨了她的独断专行。她说她为此而后悔极了。如果伊东不想卖房，她明天就可以终止交易。而伊东释放的善意则是认同妻子的选择，并且在儿子读书的问题上深刻地自我检讨。他说他已经在外地和儿子通了电话。他说儿子上最好的大学念最好的专业当然是咱们最高的追求、最美的梦想，这一点你对我绝不要怀疑。

伊东这样说确乎出于本心，但也不排除他在甜言蜜语中暗藏杀机。回家后他变得温驯平和，如谦谦君子，但这样做着的时候连他自己都恶心。他觉得这么骗老婆，真他妈不是东西。他如此半夜三更摸到妻子身边，无非是想在卖房的款子中挤出一辆汽车。而汽车的诸多好处和萧樯根本无关，他只是想给予余苠和自己一个爱的空间。

九

不久后的一个早上，余苠正在伊东的办公室。他们在研究新书的选题，突然电话铃响。伊东从容拿起电话，对方亢奋至极的嗓音。那声音高到连余苠都听得清清楚楚。于是她起身，想要回避，伊东用手势将她留下。

对方说，伊东，我简直不敢相信。我标了那么高的价，竟还会有人买。哦，我刚刚放下电话，是房产交易中心打来的。那套旧房的售价竟然高达一百五十万。想想看一百五十万哪，咱们哪见过这么多钱？关键是儿子的愿望实现了。什么破房子就能值那么多钱，真是难以置信。他们说如果同意，就可以办手续了。你怎么不说话？不是说想买一辆汽车吗，我们明天就去……

伊东紧紧抓住电话，激动得一时语塞。说不定我们还可以再等等，这肯定不是最高的价位。

你是说我们再……

不不，我当然不是这个意思。我是说，儿子正等着我们汇款呢。为了他哪怕一百万就出手我也在所不惜。真是太好了，赶快打电话告诉他们，我们明天就去办手续。

伊东放下电话后依旧兴奋不已。他不停地说太好了，太好了，并情不自禁地抱住余苬。知道我为什么这么高兴吗？因为我就要拥有一辆自己的汽车了。我是说，我和你，你不高兴？有了车就意味着有了我们自己流动的房子。我们再不用四处奔波，从此随心所欲……

余苬在伊东怀中默默挣扎。

为什么你总是让我意乱情迷？

放开我，伊东，别这样。

这全要感谢我大学时的好友加同窗。记得我跟你说起过这个人吧，是他传授给我这个既简单又明智的生存方式……

直到门外有人敲门，伊东才放开余荩。

伊东立刻打电话给米墟。那时候米墟还沉浸在他的睡梦中，但他还是接了伊东的电话。通话中伊东滔滔不绝，异常亢奋。米墟迷迷糊糊地听着，不久后就传来米墟女人的抱怨声。

米墟由衷地祝贺伊东。这会儿他显然已经离开了卧室。他说一百五十万肯定能买一辆好车……

我怎么能像你一样买那么贵的车，我只要能躲在里面自由驰骋就足够了。这笔钱还包括给儿子的学费……

当然首先要满足你儿子的需求，否则萧樯也不会放过你。我只是劝你要买就买辆像样的车，至少要让你的女人觉得舒适。

是的，我当然要首先考虑她。

不过，既然萧樯同意给你买车，我建议，我和你们夫妻一道去选车。一是我了解当下汽车的行情，同时也是为你掩人耳目。

当然。你总是能面面俱到，这是本事。

二十年没见萧樯，我真是想她，你不介意吧？

然后就有了红楼的西餐，有了萧樯和米墟二十年后的重逢。米墟见到萧樯后便拥抱她。说二十年来，他没有一刻不想念她。他一直后悔为什么要把自己最喜欢的女人给了别人，那人值得他这么奉献自己的珍宝吗？米墟这样说着，甚至挤出几滴鳄鱼泪，而萧樯竟也情不自禁地哽咽起来。

那一刻正有一阵春风吹落海棠树上的所有花瓣，就更是"恨别鸟惊心"的一番悲凉。以至于伊东怀疑在他之前，萧樯确乎和米墟有过恋情。而萧樯就那么落落大方地坐在米墟身边，欣赏地看着他说，你怎么越来越装模作样了，像个硬汉似的，当初你如果没有那么讨厌的话……

觥筹交错中他们相谈甚欢，内容都是二十年前甚至更早的那些陈年往事。久别重逢让他们格外激情洋溢，甚至萧樯的目光中都能闪出诱人的光彩。在米墟面前，她嬉笑怒骂，无所不谈，还不由自主地表现出她对这个男人的崇敬之情。

在他们共同的往事中，伊东几乎插不上话，却在米墟和萧樯的对话中，第一次发现了萧樯迷人的诱惑力。而这种诱惑力是伊东从未感受过的，显然那是只属于米墟和萧樯的。

然后米墟话锋一转，就说到了汽车。他之所以如此变换话题，是因为看到了伊东的落寞。他说伊东一定是嫉妒他和萧樯那金色茅草般绚丽的童年了，所以为了伊东能保持正常的心态，他只好变换话题了。不过汽车也是他毕生热衷的，你没有车，就不可能体会到它在人们生活中的作用。它不仅可以代步，还能让你在行驶中随时随地看到流动的风景。总之这是一种你们从来不曾经历过的速度人生。我相信你们很快就会喜欢上这样的生活，从此须臾不能离开。

在米墟的怂恿下，萧樯恨不能立刻就买车。那一刻萧樯疯狂的买车热情，让伊东都觉得对不起她了。毕竟，买车首先是为了自己和余荩，却让米墟忽悠得仿佛不买车就不足以与米墟这种人为伍似的。当然伊东也看出来了，萧樯之所以决心买车并不是为了他，而是因为信赖米墟。

他们乘坐米墟的汽车前往汽车销售中心。那时候伊东和萧樯已经醉眼蒙眬，唯米墟"世人皆醉我独醒"。于是他一辆一辆地介绍品牌、型号、性价比之类，就仿佛他在汽车销售中心有股份似的，萧樯竟也唯命是从。

最后，米墟问伊东能承受怎样的价位，伊东不语。

你们当然不能一上来就买辆破车，这和你们的身份不符。

那么，你说呢？萧樯澄澈且无限信任的目光。

那么，就帕萨特吧，中档，你们说呢？

萧樯摇摇晃晃地跟在米墟身后，她说她好像就要吐了，都是因为又见到你，高兴，酒喝多了。既然你说了，就帕萨特吧。我喜欢"帕萨特"这个好听的名字。

还这么"小资"呢？

然后米墟向伊东眨了眨眼，意思是搞定，你终于可以和情人鬼混了。只是如此糊弄萧樯让米墟于心不忍。他后来对伊东说，我怎么忍心让我最心爱的女生被你们这对狗男女蒙骗呢？

她可是我儿时的梦中人啊。

他们很快买下了那辆黑色的帕萨特轿车。萧樯原本想要一辆红车，但米墟却说太张扬了，容易遭劫。然而私下里他却对伊东说，知道我为什么建议萧樯买那辆黑车么，不单单因为黑色是永恒的色调，而是，黑色最容易被隐藏在深沉的夜色中，懂么？

就这样，米墟和伊东串通起来欺骗了萧樯。但同时米墟也向伊东提出忠告，在最初时刻，你最好让萧樯觉得这辆车是属于她的。慢慢地，直到她觉得不再新鲜，也不再疑虑，你才可以带上你的情妇穿云破雾。不过也不能太过分了，毕竟，萧樯也是我的朋友。

伊东终于拥有了一个属于自己的流动的房间。这房间在他的心目中，就像一座神殿。

伊东并没有把买车的消息告诉余荩，他只是开始利用业余时间在驾校学习。他总是午饭后就匆匆离开办公室。他之所以每天坚持，且一丝不苟，就是想让余荩尽快享受到生活的美好，却无意间疏远了他们的关系。

十

然后就到了这个风雨交加的晚上。这天从午后就开始阴云密布。那翻卷的黑色云团不知从什么地方浩浩荡荡集结而来，黑压压地盘旋在每一扇窗外。

于是人们被获准提前回家，唯伊东、余荩留下来商量书展的事。不久后的"香港书展"对出版社格外重要，社里要求他们一定要以最完美的姿态亮相书展。他们要策划论坛，邀请嘉宾；还要洽谈合作，宴请书商。总之诸多事宜，林林总总，每一项都不可掉以轻心。他们事无巨细，谈到很晚，仿佛根本就没有听到窗外的滂沱雨声。

那之前，他们已经很久没有这样在一起了。伊东要工作，要学车，看上去似乎已无暇顾及他和余荩的事。他们各忙各的，渐渐疏远，仿佛回到早先那种淡薄的工作关系中，以至于偶尔见面，也都不愿再提那段曾经如胶似漆的往昔。

然而窗外的大雨始终不停，肆无忌惮地撞击着迷蒙的西窗。

余荩说我本想等到雨停回家，但现在看来不能等了。

为什么？

你看这窗外的雨。

而余荩此刻所说的窗外，就是每天有落日出没的西窗。于是伊东恍惚想起什么，当初，你怎么会那么迷恋窗外风景？

即或没有夕阳也会有翻卷的云。余荩说到这些不禁感伤。她或者怀念那段已渐行渐远的爱情，或者感慨于世事沧桑，往昔如烟。然后她收拾起各类文件，离开伊东办公室。

伊东抓住余荩的臂腕，你怎么回家呢？你有雨衣或雨伞吗？公交车还是自行车……

余荩并没有质疑伊东的关切。她只是不想再重蹈覆辙。这不是她的生活，所以她不能要。但就在她抓住门把手的那一刻，她听到伊东在她耳边说让我送你回家吧。于是一股莫名的暖流，她觉得她的眼睛都湿润了。她尽管不打算停住脚步，但还是回过头说了声谢谢。然后她一如既往地走出去，她觉得这所有的一切都是不真实的。

余荩没有等到雨停。她开始想念丈夫和女儿。她知道在暴风雨中她只要没到家，他们就不会安宁。所以无论怎样大雨倾盆，她都要尽快回到惦念她的亲人身边。

于是她走进初夏的暴雨。雨伞不堪一击，瞬间被狂风暴雨吹成喇叭状。她终于走到拐弯处的公交车站。等了很久却不见一辆车。她甚至觉得再不会有公交车开来了。在如此猛烈的风雨中，她或者只有徒步涉水才能到家。

她这样想着便离开汽车站，在风雨飘摇中艰难前行。天色越来越暗，甚至连路灯都熄灭了。那种孤独无助的感觉，让她顿时满心凄凉。

突然身后响起不停的喇叭声。这声音就像在追杀她。她恍惚意识到什么，却被那辆车激起的水花溅了满身满脸。于是她真的愤怒了。停下脚步，扭转身，就看到了正在摇下车窗的伊东。

但无论伊东怎样穷追不舍，她都依旧坚定不移地向前走。直到伊东像劫持人质那样将她强行塞进汽车，她才不得不接受这既定的现实。

伊东开着车小心翼翼地在大雨中艰难前行。余荩坐在副驾驶的位子上一言不发。她头发上的雨水像泪滴一般洒落在伊东崭新的汽车里。伊东拿起备用毛巾递给余荩，却被余荩扔回。

接下来伊东宣言般地表白。他说他这一段确实很忙。他所以要买车学车其实就是为了这一刻。他永远都不会忘记余荩离开他父母家时那尴尬的表情。

为什么又是在风雨中？伊东说，还记得你从外地回来的那个晚上吗？同样的风雨交加、电闪雷鸣，为什么我们在一起的时候总是坏天气？或者唯有坏天气才能让我们满怀激情？

伊东慢慢开着，不敢掉以轻心，毕竟他还是第一次在大雨中行车。他说在这种恶劣天气，最紧要的就是不能熄火。只要熄火，汽车就很难发动了。然后雨水灌进来，那这辆新车就遭殃了。不过我还是能把你送回家。这是我一直渴望的，有一天能为你遮风挡雨。

车灯在积水的波澜上闪着白光。雨刷刮不尽车窗外的水流。迷蒙中几乎没有视线。尽管伊东小心翼翼，却还是因为操作不当而搁浅在桥洞下。幸好已经离余荩家不远，伊东说，你回家吧。

余荩短暂的沉默后推开车门。就在她走出汽车的一刹那，桥下的积水涌了进来。无论伊东怎样阻挡，雨水还是灌进了车厢。但即或如此伊东似乎并不沮丧，他说，只要能把你送到家。

伊东坚守在汽车里。膝盖以下浸在水中。当然他会心疼汽车，亦不知该怎样面对如此困境。他是该守住汽车等雨水慢慢退去呢？还是弃车逃命，回到自己温暖的家？

于是他想到了米墟。想到他总是能处变不惊的英雄气概。他觉得这一刻除了米墟，给任何人打电话都将无济于事。于是他拨通了米墟的电话，但就在他听到米墟声音的那一刻，车窗外竟传来急切的敲击声。迷蒙中伊东看不清窗外是什么人。只模模糊糊的一个身影，置身于车窗外流泻的雨水中。

那人不顾一切地钻进来。想不到竟是落汤鸡一般的余荩。那一刻一股暖流立即遍布了伊东全身。可是为什么？你不是已经到家了吗？

当余荩将冰冷的湿淋淋的身体贴近伊东，他们自然将爱和身体都给予了对方。余荩说她不能丢下伊东，不能让他一个人待在黑暗中。于是伊东吻了余荩。那感觉仿佛回到了曾经的那个风雨之夜。最终在雨水的浸泡中，他们成功完成了汽车里的第一次交媾。

伊东确信，雨夜发生的这一切，是不会被人发现的。首先大雨滂沱为他们铸就了天然的屏障，而桥洞下的积水又让行人望而却步。然后是伊东听从了米墟的忠告，在车窗上贴了一层厚厚的膜。像拉上窗帘一样遮掩了所有的情深意长，那么，他们还有什么好在乎的。

于是他们再度惊天动地，仿佛是为了配合外面的暴风雨。他们在狭小的却完全属于他们自己的空间内，献演了暴风骤雨中的无边风月。而伊东多少天来孜孜以求的，不就是为了这个自由驰骋的时刻么。

当他们终于得以重温旧梦，他们的肉体便再度燃烧。从此他们几乎每天下班后，都会或前或后相继离开办公室。自从有了自己的"房间"，他们下班的时间也被向前移了。过去他们总是以工作为由，下班后也不离开办公室。有了车就再不用遮遮掩掩了，有时候他们甚至等不到西窗的落日。

他们在约定的小街会面。那里距单位大约三百米。通常是余苨在街角等候。这时候她总会戴上墨镜。然后伊东的黑车缓缓驶来，余苨以最快速度进入车内。余苨大都不坐在副驾驶的位子上。尽管她只能龟缩在后座，却不时伸出手臂撩拨伊东的欲望。她不是抚弄伊东的头发，就是按摩伊东的肩背，她用温柔的抚摸让这个男人乱了行车的方向，以至于好几次不知不觉地驶过红灯。

总之大凡有余苨坐在车上，伊东都会把汽车开得风驰电掣。

因为他和余荩最需要的，就是速度带来的快感。他们会将汽车开得远远的，荒无人烟的郊外，或者，看不到尽头的芦苇荡。在那些拥有大自然的天地中，制造属于他们自己的浪漫。

然后伊东把余荩送回家。就仿佛什么都不曾发生过。而最让伊东得意的是，他原以为有了车，就有了他和余荩的亲近。但后来发现汽车的好处不仅于此，它还有效地延长了他和余荩厮磨的时间。过去无论在什么地方，亲昵后便会匆匆分手。有时候伊东甚至还没有从疲惫中解脱出来，就要骑上自行车急如星火地往家里赶。但有了汽车就不一样了，原先自行车一小时的跋涉，汽车用不了十分钟就到家了。不仅伊东能准时归巢，还能让余荩按时回家。

于是他无限感慨地问着余荩，知道这意味了什么吗？然后他不等余荩回答，意味着，我们在一起的时间被有效地延长了。

十一

和米墟的交往，逐渐成为伊东家定期的宴会。毕竟米墟身边没有家人，于是作为老同学老朋友的伊东夫妇，就承担起了定期宴请米墟的重任。米墟也曾对萧樯提起，能否把那个开红色跑车的女人一并请来，却被萧樯一口回绝，理由是萧樯的家庭是正统家庭，且倾向保守，何况她还是教书育人的中学老师。

不过大凡米墟来家中做客，萧樯都会异常用心。饭菜的种类尽管不多，却样样精心精致，让米墟不能不感受到萧樯的盛意。于是当餐桌杯盘狼藉之时，话语间便开始了妙趣横生的你来我往，就仿佛米墟和萧樯是一对残酷并邪恶的双生花。而他们妙语连珠、相互调侃的时候，伊东干脆就保持沉默。

不久后米墟就很少提到"红色跑车"了。"红色跑车"是萧樯为那个女人起的绰号。她说她不想知道那女人的名字，因为在电视台主持节目的人都是假名。她觉得"红色跑车"既准确又形象，哪怕看不到她的人也能想象出她的模样。于是她尽管不能接受"红色跑车"，却每每问及她，直到有一天米墟说，她跑了。

那么，你是不是因此而很颓唐？

伊东默默坐在一边。他觉得萧樯的问话很怪异。为什么不说沮丧而说颓唐。因为她太了解米墟了？包括他冥顽的天性，以及浮生若梦的生活方式。

然后萧樯就开始审问米墟，"红色跑车"到底怎么得罪你了？

米墟认真思考着，总之，左手握右手的，那种无聊。

还有呢？说吧，你们究竟为什么？

好吧，米墟做出坦诚的样子，她越来越关心我的账号了。我不想看到她的急功近利，所以决定离开她。

是你心猿意马了吧？别以为我们看不出，你才是那个忘恩负义的家伙。

于是米墟不得不承认，的确是他厌倦了。不过他是和"红色跑车"分手后，才开始另一段恋情的。

不久后米墟请伊东夫妇听音乐会。其中一首格里格的《大提琴奏鸣曲》让米墟热泪盈眶。舞台上独奏大提琴的演员还是个孩子，却在追光下闪烁出圣母般的光辉。她不仅演奏出大提琴丰富的韵律，还将整段乐曲演绎得无比绚烂。

演出中，萧樯一直不动声色地观察米墟，将他在音乐会上的每一寸表情都尽收眼底。她进而得出准确结论，舞台上那个大提琴女孩已被米墟揽入囊中。不过萧樯也喜欢这个漂亮女孩，于是她通知米墟，这女孩是可以带到我家来的。

米墟又一次被萧樯不幸而言中。他说他此生恐怕逃不出萧樯的法眼了。是的，自从他见到大提琴女孩，她就毫无悬念地取代了"红色跑车"。

不过，你不会觉得她委身于你，仅仅是为了你的美国护照？

就算她为了我的美国身份，我不是也在消费她吗？这是我们都要付出的代价，这一点她看得比我都清楚。

当然这对你来说没什么损失。我是说，即或她跟你去了美国，你第一个应该关心的人还是……

你儿子。

这点我早就铭刻于心。

不久后，那个美丽的大提琴女孩被带到萧樯家，萧樯像喜欢自己的儿子那样，喜欢上了这个充满艺术气息的女孩。女孩说她最大的愿望就是考取美国纽约的茱莉亚音乐学院，从此在林肯艺术中心的舞台上演奏她的大提琴。女孩清纯秀丽且毫不掩饰她的野心。就那样淡淡妆，天然样，坐在萧樯的餐桌前，甚至比在舞台上还美丽。

于是萧樯开始对米墟愤怒。她咬着米墟的耳朵说，我这才明白了到底什么是《狼和山羊的故事》。小时候一天到晚听幼儿园阿姨说这个可怕的段子。这样的女孩本来是应该嫁给我儿子那样的王子的。为什么天下女人都是你的？你这个永远不思悔改的大灰狼。

但不管米墟是否欺骗这个女孩，萧樯都始终为他们敞开大门。萧樯对米墟的诸般劣迹总是袒护有加，甚至在伊东面前也处处维护他。于是她变得不像过去那样古板，甚至对红杏出墙一类的恶行也不那么偏激了。显然这都是因为米墟的存在。这对于一向保守的萧樯来说堪称奇迹，同时也让伊东在沉闷的家庭生活中，看到了一丝自由的光亮。

十二

在伊东家的聚会中，酒酣耳热后米墟贴近伊东的耳朵。那时候萧樯正带着大提琴女孩参观儿子的房间，并向女孩炫耀，不久后她的儿子将成为年薪十几万美金的法学博士。

米墟说他刚刚发现了一个绝妙的地方。米墟在说着这些的时候醉眼迷离。那是一条昏暗的长街。不断有汽车开过来，然后停在路边，被黑夜淹没。接下来的故事就任凭想象了。而我现在的这个女孩，竟然就喜欢在那条街上做爱。不仅我们喜欢停泊在那里，很多像你们这样被地下情煎熬的红男绿女，更钟情于在这条街上释放欲望的能量。不过没有汽车是来不了这里的，这条暗街只为"流动青楼"而设置。

流动青楼？

哦，这是我为这些特殊的汽车命名的。你不觉得做这种事的汽车就像昔日的"青楼"？所以，"流动青楼"，多恰当的比喻，哈哈，我恐怕只有在这种问题上，才会显得才华出众，也算没有辱没中文系高才生的一世英名。

总之这是一条刚刚修好的道路。这条路可谓万事俱备，只欠开通了。是因为与之相连接的那条环城快速路的高架尚未完工，于是这条路变得苍凉寂寞。尽管道路宽阔，设施完备，入夜后却像一条没有生命的街。路两旁高高耸起的路灯从来就没有亮过。所以永远是伸手不见五指，唯有天上星月。黑暗中浩浩荡荡的道路就像不知深浅的河流。然后便是稀稀拉拉驶来的汽车停靠路边，在寂静中迸发最热烈的激情，于是这里就成了最风花雪月的地方。

当我无意间获取了这个信息，便带着充满好奇的大提琴女孩前往考察。第一次开上暗街的感觉果然异样。一种近乎窒息的死寂，就仿佛我们行驶在但丁《地狱篇》中的情景里。然而大提琴女孩却对此情有独钟，甚至某种诗一般的沉浸。

米墟说，在汽车里做爱的大多是野合男女。他和大提琴女孩当然不属于这个群体。目前，米墟的离婚申请已进入法律程序，他更是以居高临下的姿态俯视暗街上那些可怜男女了，当然他知道其中也包括了伊东和他爱的女人。

接下来米墟开始细致入微地描述那些男女。

譬如，他们或者坐在驾驶和副驾驶位子上倾心交谈。言语间他们或愤怒或悲伤，有时还伴随着歇斯底里的争吵。

再譬如，那些被掩护在黑暗中的汽车看着似乎没人。既看不到人影晃动，也听不到叫春的声音。但透过车窗你能看到，身体的某个部位在上下起伏。

更有急不可耐者如烈火干柴。你无需屏住呼吸，就能听到静夜中传出的女人的呻吟，男人的哼叫。更有甚者，一些人竟能让汽车颠簸起来。米墟这样说着诡异地眨了眨眼，言下之意，伊东，何不带上你的女人去风情一番呢？

就这样，暗街上的这些汽车被我简称为"流动青楼"，这可是我的专利，无论人们怎样肆意流传。然后我带上大提琴女孩来此巡游。不久，就在这条充满迷惑与刺激的街上，她献出了她的初夜。她说汽车里的空间虽然逼仄，却能最大限度地释放她的欲望。

她觉得这地方就是与众不同。她问我你知道当年什么人是艺术家么？琴棋书画，只有艺妓才有功夫去卖弄艺术。于是她把自己想象成秦淮河畔的那些青楼名妓，她说她的大提琴难道就不能等同于是那个朝代的古琴么？

总之当夜幕降临，一辆接一辆的汽车们静静地来，又悄悄地去。任何一辆汽车离开时都仿佛盛满了欢愉和痛苦。这些车在暗街上逗留的时间大约一两个小时。这都是我认真调研的第一手资料，米墟说到这些的时候不禁自诩。

总之"流动青楼"演绎着爱者各自不同的故事。据米墟猜测，汽车里不仅有男有女，还有同性恋。所以暗街五花八门，无奇不有。总之任何不被社会伦理接受的恋情，都可以在这里找到他们存在的空间。于是暗街又被定义为藏污纳垢的地方，一道在伦常倒错中建构的独特风景线。

出入于暗街的男女从不关心别人的隐私。他们自己的难言之隐就已经让他们自顾不暇了。不过这条街上的常客尽管从不相互打招呼，但心里却将对方引为惺惺相惜的知己。

当米墟刚刚说完最后一句话，萧樯牵着大提琴女孩的手，翩然回到客厅。

十三

伊东自信地打开房门，就仿佛走进自己家。

在别人的房子里别人的床上？

当伊东牵着余苊的手走进房舍。余苊惊叹于这里的豪华，却说她宁可待在伊东的汽车里。

既然有了这个机会，伊东说，你何不把这里想象成一家五星级酒店？

一次精心的策划将伊东和余苊反锁在米墟的房子里。谁也不知道生活在这里的是什么人。没有人知道米墟已远赴美利坚，更没有人知道米墟把房子借给了他最好的朋友。

尽管余苊心存疑虑，但他们还是一进门就亲吻起来。紧接着便如火如荼，在米墟这别致的客厅里完成了他们这天的第一次合欢。

这一次他们为自己争取到两天一夜，36小时。此前他们还从未有过一个完整的同床共枕的夜晚。他们总是在匆忙中交换各自的欲望。他们一直盼望着能有一个相拥而眠的长夜，并且能在清晨醒来的时候看到对方。为了这愿望，伊东不知做过多少努力，却总是阴差阳错，让美梦在现实中无情破灭。现在他们终于拥有了这个让梦想成真的机会，在自由自在中度过只属于他们的宝贵时光。

这是米墟回美国前主动提出的。说以后的一个月这里就归你了。哪怕你们每一天住在这里也无所谓，只是对不起我那无辜的"同桌"了。但也只能顺从天命，谁让你爱得那么痴呢？你那相好就一定比萧樯好吗？无非是画几幅肖像，拍几张照片，做出很艺术的样子，就像"心灵捕手"那样俘获了你。总之我也管不了那些了，你们就在这里慢慢消受，好自为之吧。

于是他们就真的拥有了在米墟家度过的漫漫长夜。不，他们不是在黄昏将尽时沉入黑夜的，而是把这一天的每分每秒都变成了漆黑的夜晚。他们没有按照米墟的安排住进他奢华的主卧，而是让顶层客房成为他们梦幻般销魂的场所。

为此，伊东和余苨都向各自的家庭请了两天一夜的假。而他们离开的理由也因家庭背景的不同而大相径庭。伊东自然以工作为由，这是他最好的托词了。而刚好这个周末萧樯也不休息，她的学生们正面临可怕的高考，所以这是她一年中最繁忙的时刻。

余荩没有以工作为名提出离家的请求。她有对她来说更无懈可击的理由，就是外出写生。无论是作为画家还是摄影师，她都拥有这样的权利。即或婚后，她也常常独自外出，将周末消磨在大好河山中。她说常年蜗居会让她感到窒息，甚至觉得失去了自己。所以哪怕漫无目的，但只要能离开城市中那个正在麻木的自己。

在这片比长夜还要漫长的黑暗中，他们终于完全彻底地拥有了对方。他们也同时经历了醒来后就能看到对方的美妙时刻，经历了睁开眼却不知自己身处何方的迷茫。当然他们很快就感觉到了对方，是环绕的欲望在锲而不舍地召唤他们。于是醒来要做的第一件事，就是仪式般再度撩拨起那无边风月。欲望在他们中间就像一道填不满的沟壑。甚至他们自己都难以想象，如果没有了欲望将会陷入怎样的深渊。

他们也曾几次经历电话骚扰。为此他们不得不中断意乱情迷的时刻。那种突然被阻遏的感觉让他们很不舒服，但为了证明他们确实出差在外，必须立刻接听家人的电话。于是他们在彼此的监视下明目张胆地说谎，甚而会对家人说出"我爱你"、"我也想你"之类虚伪的甜言蜜语。这种欺骗他人的感觉让他们觉得自己也被欺骗了，以至于这样的通话过后，他们都会本能地质疑，他们到底是不是真心相爱？

于是，余荩说，你爱你的妻子甚于爱我。而伊东则抚摸着余荩的肌肤问，告诉我，你愿意离开你的丈夫吗？这类极具杀伤力的疑问，无疑有效地破坏了他们如梦似幻的氛围，甚而导致相互攻讦，让原本甜蜜的气氛充满了火药味。

最终以伊东的退让中止了这个关于忠诚的话题。他将啜泣的余荩抱在怀中，说黎明虽好，却意味了别离。我们何苦要浪费这所余不多的长夜，既然我们那么相爱。我和我妻子说的那些都是程式化的套话。而一旦我不说了，反而会引起她的怀疑。你应该知道我有多爱你，有时候想你会想到心痛。否则我怎么会冒天下之大不韪把你带到这里？我不是一个随便的人，这一点你也知道。我们何不尽情享受这最后的夜晚。想想我为你聚集了多少能量，只要你要，我就不会辜负你。我们不停地做爱，记得有多少次了吗？就这样我们做爱做成灰烬，你不觉得这也是人生的奇迹吗？

然后从午夜到黎明又到黄昏。黄昏是他们最后的限度了。

余荩在伊东身边默默流泪。为什么36小时如此短暂？如果说在汽车里余荩尚可洒脱抽身的话，那么在这缠绵的长夜后，分手就成了一种残酷的刑罚。他们十指紧扣，相互缠绕，绵绵深情。直到最后的一分钟，直到，他们不得不走出这座房子。

余荩在天黑前回到自己家。此行唯一的破绽是，既没有带回绘画作品亦不曾拍摄照片。不过一向信任她的丈夫并没有追究，或者就因为他感觉到了什么，才故意做出不在意的样子。

伊东拖着疲惫的身体回家。他原以为萧樯会为他准备丰盛的晚餐，但在电话中他偏偏说自己已经吃过晚饭，结果迎接他的就只有清锅冷灶了。尽管米墟冰箱里的食品应有尽有，但他和余荩却没有认真享用过。他们把所有的时间都用于"士为知己者死"了，所以伊东只能在饥饿中熬过长夜，幸好他立刻就睡着了。

夜晚，萧樯被伊东的鼾声吵醒。迷蒙中她本能地抚摸伊东，但伊东对她的爱意毫无反应。于是她开始胡思乱想，觉得伊东此行一定和那个女人在一起。她这样想着便坐了起来，气哼哼扭亮床头灯。伊东被明晃晃的灯光照醒，他本想发怒，却转而抱住愤愤的妻子。他当然知道自己此刻该做什么，但无论怎样竭尽全力，都不能抵达预期的效果。

萧樯不再勉为其难。她坚信伊东纵欲过度。她不想知道和伊东鬼混的女人到底是谁，也不想知道他们是在什么地方野合的。于是她想到谷仓，想到哈代的《德伯家的苔丝》。她迷恋于那些有着甜甜苦涩滋味的浪漫。然后她又想到水边，想到《水边的阿蒂丽娜》。那是一首非常动听的钢琴曲，但只要和伊东连在一起就变得肮脏了。她当然也想到了米墟家，他知道米墟此刻已经回到美国。如果不是米墟还会有谁呢？他从来都是那么慷慨大度。萧樯越想越怒不可遏，抱起枕头睡到了儿子房间。

但幸好伊东一夜之后就恢复了体力，也记得夜半他不曾满足妻子的需求。于是他勉励前行，将儿子的木床撞击出疯狂的响声，才让妻子心甘情愿地重回他的怀抱。

十四

米墟家的午后到处充满阳光。伊东和萧樯沉浸在弥漫的咖啡香中。留声机里旋转着蓝波的长笛曲，让萧樯情不自禁地有了某种怀旧和感伤。如此浪漫的情怀当然不属于伊东，更不属于毕生放浪的米墟。那是过往的某段短暂的恋情，在长笛曲中萧樯几乎落泪。

这是萧樯第一次来到米墟家。而米墟所以邀请萧樯，是因为他知道伊东的地下情已岌岌可危。最终的不了了之，这是米墟的结论，尽管伊东反复重申，他们不是不爱了，只是有些厌倦。伊东还说经营这种关系就像炼狱。无论精神上还是肉体上都受尽折磨。尤其他们这种年纪的男人，就更是不堪重负。如今他只是依照惯性维持着曾经美好的关系。他不想很快断绝双方都疯狂投入过的这段感情。他说他可能要在"春蚕到死丝方尽，蜡炬成灰泪始干"的时刻才会做出决断，他说到这些的时候不禁悲从中来。

萧樯在露台上观赏小区风景，任由两个男人在客厅里窃窃私语。"感时花溅泪，恨别鸟惊心"。萧樯近来经常蓦地就从大脑里跳出几行古诗。那些诗句总是非常切合她当时的心境。她于是觉得自己从此不必再费心舞文弄墨了，因为那些古人的诗句已经准确而形象地说出了她想要表达的境界。

当萧樯悄无声息回到两个男人中间，米墟正将他亲眼所见且悬念迭起的自杀故事说得风生水起。

到底是真是假，你编的吧？萧樯质疑。

乃我亲历，米墟言之凿凿，一个类似于阿加莎·克里斯蒂式的探案故事。

说到哪儿了？没听到前面，所以，从头讲。萧樯颐指气使。

米墟下意识地瞄了一眼伊东，好吧，就满足你。

米墟所以敢在萧樯面前描述这个可怕的故事，完全是因为他知道伊东根本就不喜欢那条暗街。所以无论他怎么讲都不会牵涉到伊东的婚外情，更无从引发萧樯对伊东的怀疑。

米墟首先绘声绘色地描述了那条尚未开通的暗街，然后将"流动青楼"这一由他创造的概念大肆渲染。总之来此鬼混的大多是他这种有钱有车的风流种。

那伊东也有车啊，萧樯愤愤不平，你什么意思？

伊东有车，可他风流吗？米墟反问。暗街上媾和的男女无需妓院那样的交易。他们大都怀有很强烈的感情和欲望。只是他们的感情是不正当的，那种所谓的地下情、婚外恋之类，总之被你们这种正统女人所唾弃。但他们也要活啊，也要亲吻和做爱，于是暗街就成了他们最理想的栖息地。

萧樯禁不住凝视伊东，你不会也去过那种地方吧？

我怎么会去那种地方？

伊东去没去过我不知道，反正我是那条街上的常客。不过我和那些因爱而受尽折磨的情人不同，因为在感情问题上，我从来就没有过那种痛不欲生的感觉。

接下来繁衍、壮大，慢慢地，这条街上就布满了"流动青楼"。大凡有这种需求的人们都会造访这里，也都会在他们各自不同的"青楼"里翻云覆雨。伴随着暗街两旁的汽车越来越多，那些车主竟也强盗般开始抢占地盘。约定俗成的地盘一经划定，就会变得神圣不可侵犯，就像动物用它们的尿液划分各自的势力范围。哪怕某位车主晚上没来，也没有谁愿意占用他的车位。除非一些不知深浅的小子胡作非为，自然也会口角之争，拳脚相向，却最终谁都不会拨打报警的电话。

萧樯打断米墟，太离谱了吧？我怀疑这座城市是不是真的有一条你所谓的暗街。他从小就是这样，总能编出各种各样的谎言蒙骗我们，所以，伊东，你用不着听信他那些胡编乱造。

米墟对萧樯的质疑毫不在意，他问她，你到还底想不想听那个可怕的事件？

干吗把你的才华全用在旁门左道上，否则，说不定你会成为一个了不起的大作家。

伊东，你不想管管你老婆？

好吧，你说你说，我们洗耳恭听，行了吧？

怎么就那么巧呢，事发前后，我刚好在场。为什么？因为我饱食终日，无所用心，便可以整天泡在汽车上，看来来去去的青楼风景。那是一辆香槟色的轿车。很新。后来才知道那辆车是属于女人的。他们每晚都会停在固定的位子上。然后开始他们的"交配"……

你怎么知道？

我的车位离香槟色轿车最近。有时候百无聊赖，我就会主动关心别人的举动。尽管悄无声息，但我还是能知道他们什么时候开始的。因为那辆车开始微微晃动。如此窥测别人的行径显然不道德，但这辆车就在我前头，不看也不行。想想，能把钢铁铸就的车身晃动起来，这需要怎样的热情和能量。不过，这已是案件之外的花絮了。

总之我对那辆香槟色汽车印象深刻，尽管我从来没有正面看到过汽车里的人。但倘若有一天香槟色车未到，我就会莫名其妙地生出几许失落，就好像我对那辆车有种爱人般的眷恋。

但不久后我就遭遇了香槟色车事件。平时最让我落寞的是香槟色车不来，然而这一次它来了就不走了。我知道香槟色车离开的时间从不超过晚上九点，但那天直到午夜，它依旧我自岿然地坚守在浓重的夜色中。不知道车里究竟发生了什么，亦不知他们将在此纠缠多久。这疑问始终萦绕着我，让我像好事者般充满期待。

于是我们也坚守在午夜中。那天大提琴女孩刚好在车上。直到她实在熬不住了，我们才回家。

不知道为什么一种不祥的感觉，大概是某种心灵感应吧。可我根本就不认识那辆车里的人，回家后却始终魂不守舍，睡着了也会被梦魇惊醒。这种迷信的感觉说出来，连我自己都觉得难为情。我们是唯物主义者不是么？或者就因为我喜欢穷追不舍吧？我这顽固的个性你们也不是不知道。大凡能调动起我的兴趣，我都会一路追踪到底……

结果呢？萧樯已经被调动起来。

结果不出所料，当我当夜再度回到暗街，那辆香槟色车果然还在。它就那么无声无息地停在路边。那时候暗街上几乎已经没有车了。

为什么香槟色车还不离开？其中到底有怎样的蹊跷？我却只能远远地察言观色，又满怀狐疑地悄然离开。那时候东方已迷蒙出绚烂的云霞。看不到太阳，却能感觉到缓缓升起的晨光。那是种令人神往的金色光芒，遥远地浸润着这个安宁的早晨。

第二天我又开车来到暗街。那辆香槟色汽车在金色阳光下显得格外辉煌。我不知这辆车是一直停在那儿，还是我不在的时候已经悄然去了又来。

总之为了这毫不相干的疑惑，我决定从即刻起在此蹲守。我甚至为自己备足了三明治和矿泉水，大有不破案就决不离开现场的雄心壮志。就这样，我在香槟色车后面一待就是一整天，直到黄昏时那些"流动青楼"聚集而来。这晚上我谢绝了所有想要我纽约账号的女人，就如同伊东不再和那女人一道每天看落日。总之……

等等，等等，萧樯听出了某种弦外之音，米墟，你知道你在说什么吗？

米墟和伊东都紧张起来，在莫名的压力下面面相觑。

看什么看？萧樯愈加警觉起来，和女人一道看落日？米墟，你刚才是这么说的吧？

米墟像美国人那样耸了耸肩，我说什么啦？他来回看着对面的萧樯和伊东，摊开双手做出很无辜的样子。我说错什么了？哦，落日？我是说，你不是刚刚还在露台上看落日吗？

哪来的落日，萧樯直逼米墟，这是午后，我不过是在欣赏小区的风景。说吧，和女人一道看落日是怎么回事？我可是听清楚了米墟说的每一个字。

伊东这种胆小的男人能干出什么？米墟故意鄙视的表情。他一天到晚把落日挂在嘴边，无非是为了哄骗出版社的那些小女孩。

萧樯满脸妒恨地看着伊东。

看我干什么？伊东反诘，坐在香槟色轿车里的又不是我。

但你也有帕萨特车呀。

有帕萨特车就一定有情人？米墟转到萧樯身边，亲昵地拍拍她的肩膀。

他就是有外遇，你们以为我不知道？

你知道什么？米墟开始正颜厉色，想不想再听我说下去……

他就是有外遇，别以为我没感觉。还看落日？我怎么没见他有过这样的浪漫呢？

萧樯你真的不想听了？米墟夸张着他的嗓音。

他到底在和什么女人鬼混？萧樯把怨愤投向米墟。

和女人鬼混有什么不好？米墟将萧樯揽在身边。

萧樯推开米墟的手臂，你们这些臭男人。然后做出要走的样子。

萧樯，你知道鬼混是什么意思吗？就是不会产生出任何结果的逢场作戏。在这个领域伊东肯定不是高手……

所以他才会弄假成真。

米墟让自己靠在萧樯肩上，在这里我向你郑重保证，伊东他此生决不会离开你，除非有一天你来找我。接下来的故事却是很精彩，你至少听我把它讲完。好了，别生气了，什么事也没有，我是说那辆香槟色汽车，我坚信，这辆车对我来说已经没有悬念了。当月淡风清，暗街上了无人迹。我便大着胆子，不不，我当时根本就不紧张，而是充满了一种即将揭开谜底的兴奋。

我平静地走向那辆车。手里提着棍棒一般能装四节一号电池的美式手电筒。然后我围着那辆车转了好几圈。那时候能看到车内景象的只有汽车前的挡风玻璃。我在车窗前站了很久，却始终没有打开手电筒。事实上我已经认定车内发生了凶杀案。待我抽完第二支烟，连我自己都不记得我是否按动了手电筒的按钮。只觉得突然之间一道亮光刺痛了我的眼。然后我就看到了我预期的景象。猜猜我到底看到了什么？

萧樯伸出手，给我一支烟。

米墟不露声色地为她点上。

伊东猥琐地坐在一边，刚才的一场虚惊让他心有余悸。

他们赤身裸体？萧樯不自然地吞云吐雾。

当然，并没有超出我们的想象力。在后排的位子上，男人和女人紧紧拥抱着。他们的姿势显然已经僵硬，这说明他们至少在昨天夜里就已经死了。我站在手电筒光束的后面浮想联翩，想象着曾经风情万种的这两个人，为什么要以这样的方式展示死亡。他们或者想说明什么，又或者想要证明什么。尽管我和他们素昧平生，但这种场面还是让我惊诧不已。

然后我开始猜测他们的死因。最令人信服的是二氧化碳中毒。他们大概觉得夜晚寒冷，于是打开暖气做爱。然后因疲惫而相继睡去，甚至连衣服都来不及穿上。他们不止一次云蒸霞蔚。他们向来就是力透纸背的一类。总之他们精疲力竭，仿佛整个的生命都被掏空了。于是昏睡在后排的座椅上。伴随着二氧化碳长驱直入，死亡也就在所难免地降临到他们身上。

但是，谁知道还有什么别的不可示人的原因呢？比如说自杀，或者有预谋的他杀。在无望的恋情中他们已经厌倦，或者他们不再想玩这无谓的游戏了。或者他们中一个人已经痛不欲生，而另一个人却在移情别恋。其中的一个不想分道扬镳，亦不想让这段艰苦的恋情不了了之。于是他精心策划了这个结局。反正不想活下去了，与其生死茫茫，不如同归于尽。然后这个企图自杀的人不仅杀了自己，也杀了自己深爱的人。他坚信只要同生同死，就能同死同生。只是这其中的内幕就没人知晓了。

米墟说我整整用了一个晚上，来构想他们的今世前生。直到曙光初现，才意识到应该报警。但是我怎么能用我的手机为别人报警呢？我当然不想让自己暴露在 110 的视线下，尽管我不是罪犯也不曾犯案。

于是在那个清晨我打碎了香槟色车前后左右所有的挡风玻璃。我相信周围的居民一定听到了捣毁的声音。以这样的方式，我让那两个长眠不醒的恋人暴露于光天化日，而我的全部用心就是让他们尽早入土为安。

也许他们就等着有我这么一个人为他们收尸了。果然在当晚的电视新闻中，我看到了那条消息。主持人说，在一条未曾开通的道路上发生了一起惨案……

被我砸碎的玻璃让这桩死亡案件又多了一层悬念，画面上一个刚好住在附近的老太婆对警察说，我听到窗外一阵巨响，好像什么被砸碎了。不过我什么也没看见，总之那是条很脏的街。妓女一样的女人在街上走来走去，就像回到了旧社会……

然后无论电视台还是报纸都开始跟踪报道，一时间风生水起，却又突然之间了无声息，据说涉及了某位重要人物。

发生了这样的事情，让暗街上的男女都怀了一种不吉利的沮丧。难道这样的爱情就只配得到这样的结局吗？

如此扑朔迷离的悲惨故事我竟然亲历。米墟在说着这些的时候，不禁神情黯然。

这天他们原本约好一起吃晚饭的，但萧樯毅然决然，说她想回家了。又说，幸好我没有经历过这种唯其死亡才能实现的爱情，你呢，伊东？很危险的。伊东也随之站起来，好吧，我们回家。

走到门口和米墟告别，萧樯又说，知道监狱里的女囚犯包括女杀人犯，大多为什么犯罪吗？为了爱情。爱情是导致杀人犯罪的主要因素。爱了，或者不爱了，你们这些臭男人都得小心点。

萧槠说过之后扬长而去。留下两个男人面面相觑。离别时他们不约而同地拍了拍对方的肩膀，意思大概是好自为之吧。

十五

米墟开始在伊东和萧槠面前抱怨大提琴女孩。他说或者是因为他们之间的年龄差距太大了，大得做她的父亲都绰绰有余，甚至能将就着做她的祖父了。所以他们之间很快就出现了不和谐音，"不和谐音"这几个字还是女孩说出的。在她的乐曲中这种不和谐音比比皆是，而她所看重的只是他的美国国籍。

她似乎不在乎我是否廉颇老矣，也做出和我很恩爱的样子。她满心期待一毕业就和我结婚，在咄咄攻势下让我退到最后的底线。当初我离婚并不是为了她，现在却让这女孩占了便宜。她除了年轻，除了大提琴还有什么？至少，这对于"红色跑车"不公平。

如此越是被她所困扰，我就越是怀念和"红色跑车"的那段平静时光。我干吗要被一个女孩牵着走？不结婚并不意味着我不资助她，我依然会帮助她实现梦想。我甚至可以为她付学费，哪怕再有什么别的要求……

然而尽管米墟诸多抱怨，他却并没有离开大提琴女孩。他只是背着她给"红色跑车"打过几次电话，但每一次对方都按掉了电话。于是他愈加怀念"红色跑车"，终于在她家的地下停车场"劫持"了她。那天他看到她从电梯里出来，就不顾一切地冲过去抱住了她。他亲吻她爱抚她在她的耳边说怎样怎样想念她。他以为女人不挣扎不喊叫就等于是他又重新拥有了她。他怎么可能想到停车场保安会冲过来，将他一拳击倒在地。

他当然不在乎有人路见不平、拔刀相助，他并且认识这个对他饱以老拳的混账小子。他觉得为了这个朝思暮想的女人挨几拳也是应该的，他甚至觉得自己对"红色跑车"的诸般伤害，就应该承受这种报复性的惩罚。

只是保安如柏林墙般阻隔在米墟和女人中间。只要米墟稍加动作，女人就会躲在保安身后。于是米墟只好选择了离开，直到坐进汽车，才在后视镜中看到自己鼻孔和嘴角流出的血。

一路上米墟愈发觉得不合算。不是因为伤口的痛，而是大提琴女孩索要的竟然比"红色跑车"还要多。"红色跑车"无非偶然提及他纽约的账号，而作为媒体人她根本就不缺钱，甚至红色跑车都是她自己买的。她不过提一下就令米墟如临大敌，仿佛天下人都在觊觎他并不充盈的口袋。尤其离婚让他几近两袖清风，问及账号就更是让他格外敏感。他于是将"红色跑车"

想象得很贪婪，甚而是为了他的钱才和他通奸的。从此他对这个女人充满警惕，并且在离婚财产的分割上，故意夸大前妻不遗余力的争夺。

当然"红色跑车"很快就看透了米墟守财奴本性，并洞穿了他何以匆匆接纳大提琴女孩的真实原因。那个大提琴女孩其实是"红色跑车"介绍给米墟的，她当时正在做一个关于这个女孩的纪录片。想不到做着做着，那女孩就钻进了米墟停泊在暗街的汽车里。

"红色跑车"对此当然义愤填膺，但她却从未表现出她的痛苦和愤恨。她甚至依旧激情四射地拍摄了大提琴女孩演出时的最后几组镜头，看得出她在这部纪录片中倾注了多少心血。她所以拍摄这部纪录片，其主旨也是为了宣扬大提琴女孩，不让她非凡的音乐才华被淹没。她只是想寄予这个天才女孩更多的机会，只是她怎么想也没有想到，这机会竟然就存在于和她同居的男人身上。

不过"红色跑车"也确实了不起，她是那种能够将工作和感情完全分割的人。所以，即或米墟和大提琴女孩上了床，她也不曾终止拍摄，甚而后期剪辑完成得更臻完美。她是流着眼泪做完这一切的。

总之，米墟越来越想念他的"红色跑车"，和大提琴女孩的交流也越来越少。他觉得无论他说什么，女孩都仿佛听不懂，而他们之间唯一的共同语言，就是关于做爱的那些细枝末节。但一个人如果总是自说自话，或者总是跟儿童对话，那么即或他不曾沦为小儿痴呆症，也会大大降低他成人的智力。

于是米墟开始拯救自己，前提是，他将不遗余力地将女孩送进纽约的茱莉亚音乐学院。他觉得做到这些并不困难，困难是怎样才能甩掉这个女孩。女孩对此似乎有所察觉，她于是更加锲而不舍地黏住米墟。她会泪流满面地指责米墟，说他迟早会抛弃她。而她对米墟则一往情深，甚至将最宝贵的贞操都无条件地给了他。米墟只好搂住哭泣的女孩，说我怎么可能丢下你呢。心里却想贞操怎么会是无偿呢，那打进女孩账号的五万美金算什么？

然后就到了大打出手的这一天。米墟把大提琴女孩带到暗街。那一刻还能看到黄昏最后的辉煌。米墟所以到这里来，是想在一个中立的地方说出他的决定。是的，他好不容易才离婚，所以近期内不想再结婚。这无疑破碎了女孩的梦，但毕竟还有五万美金支撑着。他并且许诺了女孩承担她在纽约的生活费，那也是一笔不小的开销。谁都知道纽约是这个世界最昂贵的城市之一，有了生活费在某种意义上就等于实现了她的美国梦。

接下来便开始讨论留学的诸多事宜，米墟不仅要为她申请大学，获得签证，还要拿出一笔数额不菲的资金为她做经济担保。有了这些女孩便不再纠缠婚姻，尽管她不停地说，她是多么多么离不开米墟。

米墟让女孩过目所有出国留学的文件。这些都是他为她精心准备的。米墟之所以格外用心，是因为米墟歉疚地收回了自己曾经许诺的婚姻。于是他不再是谦谦君子，但女孩对此竟毫不在意。无论米墟说什么她都频频点头，并且不停地说着谢谢，谢谢。还说如果没有米墟和"红色跑车"，她怎么敢如此梦想自己的未来。她觉得能认识米墟和"红色跑车"，简直就是她生命中的奇迹。

于是米墟被感动了，因为她没有忘记"红色跑车"。这说明女孩还是有良心的，于是他亲吻了女孩柔顺的长发。这一吻就像父亲对女儿。

十六

就在米墟亲吻女孩的一刻，忽然身边"轰"的一声。那是油门被轰的声响，紧接着一辆红色跑车飞速而过，就像一道红色闪电。他当然立刻就认出了那辆车，他坚信"红色跑车"也认出了他。这一刻距离米墟劫持"红色跑车"仅隔一天，于是米墟不禁意乱情迷，他甚至想立刻开车去追她。

然而就在他启动的那一刻，那辆红色跑车竟又呼啸着退了回来。同样刺耳的油门声，就仿佛置身于 F1 赛场。紧接着跑车一个急刹。车窗里露出的竟是那张保安的脸。米墟顿时火冒三丈，他怎么能允许一个保安染指他的情人，哪怕是前情人。转而红色跑车又疾驶而去。

米墟不顾一切地冲了出去，紧紧尾随那辆跑车。他踩足油门，风驰电掣，奔驰中竟然满脑子都是对"红色跑车"温暖的回忆。他电闪雷鸣般一路向前，左右腾挪，时而伴以紧急刹车。

在急如星火的追赶中，米墟突然听到呕吐的声音。他这才意识到身边还坐着大提琴女孩。那女孩显然被这突如其来的飙车吓坏了。她开始高声呼喊，疯狂求救，并歇斯底里问着米墟，你到底想要干什么？要杀了自己吗？又说，既然她对你那么重要，你干吗还要离开她？我知道你并不爱我，从第一天，你就在利用我来伤害她。你没有一天不想她，可为什么要折磨我呢？

"咚"地一脚刹车，女孩的脸撞在仪表盘上。幸好她系着安全带，否则说不定就被抛出去了。

米墟伸长胳膊打开女孩那边的车门，吼着，下车，听到了吗？赶快下车！

她对你就那么重要吗？女孩执拗地质问米墟。

你不想下车就别嚷嚷。

她就是想让你死，让我们死！女孩说着"砰"的一声推开车门，跳了出去。

米墟像子弹一样飞出去。他的车速越来越快，前面的红色跑车反而慢了下来。而米墟却在不停地加速，任凭他的沃尔沃一往无前地冲向前方的跑车……

米墟终于如愿以偿地制造了这个让双方都损失惨重的追尾事件，幸好车毁而人未亡。

然后是漫长的理赔过程。每每需要双方配合才能拿到高额保险。以米墟疯狂撞击红色跑车的事实，他的犯罪行为无可争议地可以被警方羁押了。但不知"红色跑车"和警方说了些什么，不久后他们就释放了米墟。

为什么要把我捞出来？米墟掩饰不住的惊异。

女人不屑地说，无非是，你帮我追回保险，并修好我的车。

就是说，从此你的车就是我的事了？我们到底什么关系？

我有工作，你有时间，就这么简单，所以你不要自作多情。

那么那个保安呢？

随你怎么想。女人说过之后扬长而去。

接下来差不多半年的时间里，米墟和"红色跑车"都在应付保险理赔和修车的事。米墟的汽车尽管还没有拿到保险，但他用自己的钱很快就修好了沃尔沃。被米墟撞飞屁股的红色跑车就没有那么幸运了，先是被拖到指定的郊外停车场，过了很多天后才被送进修理厂，最后被告知破损严重，无法预知修复时间。总之重见天日的日子遥遥无期，以至于"红色跑车"一想到她被毁的车就热泪盈眶。

于是米墟除了督促修车，还额外承担了每日接送"红色跑车"上下班的差事。赶上女人乘飞机去外地采访，米墟也要出租车般随叫随到。而米墟必须付出的这些劳作，事实上已经被写进他和"红色跑车"的《调解合同书》中。幸好米墟身为寓公，无正事羁绊，便也不再计较，甚而乐此不疲了。

但对于大提琴女孩就不同了，她说她的生活就像深渊。为了那辆破车，米墟不仅要付出辛苦还要搭上时间，以至于都顾不上为大提琴女孩申请茱莉亚音乐学院了。于是她开始抱怨进而狂躁。当她最终看穿了米墟的虚伪和欺骗，便主动提出要离开他。她没有因米墟的冷漠而声讨他，而是恳求米墟继续为她做经济担保。离开米墟家那天，女孩真的很伤心。她说她真的喜欢他，只是她再也遇不到像米墟这样的男人了。那一刻她的脸就像是一张透明的玻璃纸。

那以后就没有大提琴女孩的消息了。米墟甚至没收到为她提供经济担保的文件。这女孩就仿佛人间蒸发般不存在了，并且消失得干净利落，无影无踪，仿佛米墟的生活中从来就没有过她。

如此来来去去，米墟终于又续上了他和"红色跑车"的情缘。不过刚刚露出复合端倪时，他们都还端着自己的那份尊严。

直到送"红色跑车"回家的某个晚上，米墟竟依照惯性把女人带回了自己家。这当然不是米墟有意的失误，却让他们剥去衣冠，放下架子，并难以控制地重温了旧梦。只是这一次"红色跑车"不再像当年那样"单纯"，她也没有让自己以此为家，只是象征性地将一些内衣和化妆品丢在米墟的衣柜里。尽管她每周的大部分时间都住在这里，却始终做出一副随时都可能离开的过客模样，让米墟对她的去留总是惴惴不安。

伴随着米墟和"红色跑车"的复合，却淡化了他和伊东夫妇之间的关系。加之萧樯曾明言喜欢大提琴女孩，米墟也就不想再把"红色跑车"介绍给她了。于是萧樯愈加痛恨米墟，如果不是他把一个纯真女孩变成暗街的熟客，说不定她在美国读书的儿子会喜欢上这个漂亮的人儿，进而缔结百年之好。可惜萧樯如此好梦，全都被人渣米墟给破灭了。

如此，当昔日朋友回到他们原先平庸的生活中，自然也就不再相互走动了。

十七

伊东带余葚来到暗街。他们的车也就成了米墟所言的"流动青楼"。这天距他们在米墟家过夜已经很多天。那以后，他们竟再没有享用过米墟的房子,直到米墟从美国回来。

在那个风情万种的长夜之后,余荩的女儿就生病了。仿佛遭到报应一般,那以后余荩不再和伊东交往,直到女儿的身体慢慢好起来。

他们的车停靠在黑暗中,却不知在这种地方该怎样做。他们只是谨慎地抚爱对方,一种久违了的爱的茫昧。

为什么做这种事也要扎堆?余荩质疑。

大概就像开餐馆一样吧。

集体做爱,就能让这种关系光明正大?

我们不管他们,伊东开始在余荩身上摸索,我们有多久没在一起了?

我不喜欢这种地方。余荩尽力躲开伊东的纠缠。

我那么想你……

一想到前后左右都在做爱,就什么兴致也没有了。

我闭上眼睛就想到米墟家的长夜……

伊东我们走吧,余荩恳求,无论去哪儿,只要能离开这儿。

伊东只好收敛起他的欲望,带余荩离开这个她不喜欢的地方。他们回到一如既往的芦苇荡,这里尽管寂寞荒凉,却没有那种露宿街头的凄惶。他们在汽车里尽情宣泄,让欲望附丽于燃烧的生命。如此行云流水的相互给予仿佛攀上顶峰,他们都承认这一次让他们终生难忘。

十八

事件起因于大提琴女孩打给萧樯的那个电话。电话中她很亢奋的语调。她说她不仅获得了茱莉亚音乐学院的录取通知书，还很顺利地拿到了美国签证。她说这是她生命中最重要的转折，她简直不敢相信这是真的。

她的激动之情溢于言表。萧樯在电话中就能感觉到。她甚至能听到女孩急促的喘息声，听得出她是如此喜出望外。

她说她来自遥远的边陲小城。原本并不喜欢音乐，但她父母却锲而不舍地把她送到少年宫，并为她选择了大提琴。于是她顺利考入音乐附中，又如愿以偿地进入了这座城市的音乐学院。她的努力和奋斗足以告慰父母了，而她考进茱莉亚音乐学院的消息，几乎让家乡小城的每一个人都知道了她，她的家庭也因此名声大噪……

萧樯由衷地祝贺女孩，并提出来要为她饯行。萧樯甚至闪念，干吗要那么在乎女孩和米墟那段残破的关系，言下之意，为什么大提琴女孩就不能成为儿子的女朋友？萧樯当然知道在当下社会中，女孩们对所谓的贞节早就不屑一顾了，处女在大学生中凤毛麟角，甚至在高中生中也所余不多。何况大提琴女孩所在的艺术院校，时尚、前卫之举已蔚然成风。如果确如米墟所言，大提琴女孩在他之前还是处女，就更加旁证了女孩的持重。不到万不得已的时候，她不会将自己轻易出售。而她所谓的万不得已，在萧樯看来无非是想要得到更好的教育。

事实上，萧樯对大提琴女孩的贞操早就忽略不计，她只是对她利用米墟稍有微词。一个女孩有目的地委身于一个老男人确实可悲，但反过来站在大提琴女孩的立场上为她想，便会觉得她的献身是值得同情的。一个从遥远的小地方走出来的女孩，以最简单也最直接的方式实现了自己人生的梦想。萧樯这样想着，竟生出对这个女孩的些许怜悯。

于是萧樯更怜爱这个女孩，相信她做出的各种人生选择，一定是出于无奈，或者对自己的人生有着太高的期许，她无非是想要找到人生的一个个跳板而已。

萧樯这样想着竟错过了大提琴女孩的诉说。待她回过神来，再度倾听，那女孩就已经说到她和米墟相识的情节了。

是的，那天演出后她就看到了歌剧院门口的那个男人。他捧着一束黄玫瑰在夜色中等待。一个冷峻的却捧着鲜花的男人，看上去让人觉得很可笑。但是想不到那束黄玫瑰竟是送给她的。后来每天演出后她都能看到他，并且每天捧着同样的黄玫瑰。或者他锲而不舍的执着打动了她，直到她终于坐进了他的沃尔沃。

　　刚刚和米墟在一起时她被蒙蔽了。只觉得自己能被一个美籍华人欣赏，实在是幸运。她甚至觉得米墟是上天赐给她的最完美的礼物，让她得以越来越接近她的梦想。于是她不顾一切地投入米墟怀抱，不惜将贞操献给这个帮助她实现梦想的人。

　　她后来才知道为她拍摄纪录片的女人，竟是米墟肝胆相照的女朋友。但当她得知这一切的时候已经晚了，她已经和米墟一道去了暗街。为此她哭了整整一夜。那女人曾经那么慷慨地帮助她，她却横刀夺爱，让那女人的一片苦心化作云烟。

　　然后她就被卷进米墟和"红色跑车"的三角恋中。她觉得自己非但不道德，简直就是利欲熏心。她不仅把"红色跑车"挤出米墟的生活，还让米墟将五万美金打进她的账号。她进而要求米墟和她结婚，她说她只有一个愿望，就是尽快成为一个美国人。

　　是的，她当然知道自己到底有多恶劣，但她已经箭在弦上，覆水难收。很快米墟原本为"红色跑车"启动的离婚程序正式生效，连米墟自己都难以置信，他历尽艰辛争取到的自由之身，竟又上了大提琴女孩的囚车。

　　伴随着大学即将毕业，大提琴女孩变得愈发贪婪。她逼迫米墟立刻结婚，并且一毕业就要迁居美国。她或者不懂什么是欲速不达，什么叫利令智昏。总之就因为她的操之过急，使米墟产生了想要离开她的念头。于是米墟痛下决心，誓不再婚。

他早就厌倦了美国那种吃无味、玩不爽的日子，他怎么能为了一个利用他的女孩，就改变自己人生的轨迹呢？

是的，米墟曾一度向大提琴女孩许诺过婚姻，他们甚至预定了结婚的酒店。米墟也不是那种翻云覆雨的男人，既然君子一言，就应信守承诺。米墟之所以会如此草率地应允婚姻，就因为他终于找到一个处女，何况这女孩还具有非凡的艺术才华。接下来他们便开始期待米墟离婚生效的那一天，并开始紧锣密鼓地筹备他们老夫少妻的盛大婚礼。他甚至提前为女孩订购了昂贵的欧洲婚纱，那时候米墟还沉浸于女孩在舞台上表演的迷人光环中。他闭上眼就能看到女孩穿着黑色的拖地长裙，在柔和的追光下像圣母玛丽亚一般美丽贞洁。她是那种能在大提琴曲中演奏出哈利路亚（赞美上帝）的那种女人，尽管，她也许并不知道该怎样赞美上帝。

大提琴女孩无疑是音乐学院的佼佼者，否则交响乐团也不会邀请她演奏格里格的《大提琴奏鸣曲》。不过这对于米墟来说都无所谓，只要女孩能不离不弃地待在他身边，哪怕他知道她的小脑袋瓜里别有企图。

只是让米墟没有想到的是，"红色跑车"竟那么平静而迅速地离开了他。大提琴女孩当仁不让地搬进米墟家，她甚至不在乎床上是否还残留着先前那女人的体温，房间里是否还缭绕着那女人用过的香水味道。她当然根本就不在乎这些，她只需将米墟牢牢控制住。

她对米墟和"红色跑车"的关系并非毫不介意，她知道米墟始终放不下对那女人的一往情深。她也发现米墟开始悄悄给那女人打电话，至少米墟希望维持这种藕断丝连的关系，直到暗街上歇斯底里的那场"交通事故"。

萧樯得知此事的来龙去脉，是通过米墟的讲述。比起妒火中烧的大提琴女孩，她更信任成熟老到的米墟。这男人尽管游戏人生，却从来不会欺骗萧樯。所以她对米墟一直是寄予同情的，如同鲁迅笔下那种哀其不幸、怒其不争，总之，萧樯很多时候是把米墟当作亲人的。

电话里大提琴女孩娓娓道来，她说尽管离开了米墟却还是想念他。她说不清楚自己到底还爱不爱他，她只是厌倦了自己的追求，她只是对自己失去了信念。

然后她提出了最后的恳求。萧樯恍然，这才是电话里女孩真正想说的话。她说她只想出国前再见到米墟，她说她只想向他表达诚挚的谢意。她说着不禁唏嘘起来。那委婉的哭泣令人断肠。

不不，这怎么可能？米墟他一向固执己见……

我知道在所有的朋友中，他只听您的。

但是……

您在他心目中是最重要的。真的，他说他从小就喜欢您，您在他生命中就像天边的云彩。

你不要再说了，否则我要挂电话了。

不不，我真的没有别的意思，从此天涯海角，我只想能和他告别……

十九

由此萧樯成了大提琴女孩的说客，尽管她知道不久后米墟就要和"红色跑车"结婚了。萧樯在电话中斥责米墟，你就那么没出息，不拴在女人裙带上就不能活？

但无论萧樯怎样咄咄逼人，米墟最终都会接受她的建议。米墟在电话中说，全是看在你的面子上，否则我绝不可能再招惹她。

不过是好离好散，一个告别。萧樯说着的时候竟有几许感伤。

我可是马上就要结婚的人了。

得了吧，谁知道你这回能否真的收心。

于是在萧樯的撮合下，米墟和大提琴女孩最后一次见面。时间和地点都是通过萧樯传递的。萧樯说，她做着这些的时候如芒刺在背。

米墟早早就来到暗街上。他当然立刻就想到了由他命名的"流动青楼"。想到这些不禁自鸣得意,不过他已经金盆洗手了。他只是冥想着古往今来那些真正的青楼名妓,李师师、李香君、小凤仙什么的。只是现在的妓女和原先的早就风马牛不相及了。他忘记了谁说过,那时的名妓才是琴棋诗画,无所不能,难怪公子王孙会拜倒在她们的石榴裙下。这样想想,反而大提琴女孩更符合古代艺妓的标准了,她不仅年轻美丽,还技艺超群。米墟这样联想着,竟蓦地激荡起满心涟漪。

米墟到底痴心不改,冥顽中再度一副青楼嫖客的姿态。他已经蠢蠢欲动,决意和大提琴女孩云雨一番了。

女孩很容易就找到了那辆沃尔沃。她轻轻敲击着米墟的车窗。那时候正夕阳西下,天边一片火红的云彩。米墟很绅士地打开车门,让自己和大提琴女孩都坐进后排。

柔情寸断,流水落花。但只要选择了如此环境,就意味了必然的缱绻缠绵。

米墟轻声阿谀,你更漂亮了。又说,这绝不是敷衍。

女孩淡然地看着前方,仿佛身边没有别人。

米墟尝试着伸出胳膊,小心翼翼地揽住女孩细瘦的肩膀。又说我全都知道了,真为你高兴。事实上,你的梦想一直深深压在我心上,让我昼思夜想,寝食不安。

女孩任凭着米墟的抚弄。她当然知道米墟说的都是假话。

但是她既不反驳，也不呼应，只是亦步亦趋地追随着米墟的需求。

直到米墟脱掉她的上衣，她才满腹委屈地质问他。你以为我是可以随便丢掉的垃圾？你以为我就像简·爱一样，被你们这些罗切斯特式的有钱人认为是没有情感也没有灵魂的？然后她挣脱了米墟的欲望，她说我知道你把我当作妓女了。可是我现在什么都有了也什么都不需要了。我知道你会听萧橹的话，也知道你最终不会拒绝我。现在，这最后的一次是我想要的，而不是你在霸占我。所以一切都应该控制在我手中，哪怕你把我当作卖春的女人。

然后她拿出一瓶 Dior 香水，尽情喷洒在汽车的每一个角落。她说这是你送给我的，可惜我一直没机会在你身边使用它。大提琴女孩抓住米墟的衣领让他靠近她。接下来便开始长时间地亲吻他。她让他们的舌间充满欲望，然后狠狠地咬破米墟的嘴唇。在咸腥的血污中他们撕心裂肺，直到终于填满了那幽深的欲壑。

然后他们精疲力竭地回到前座。女孩说，她从此再也不会留恋"流动青楼"了。她说茱莉亚音乐学院已经为她敞开大门，睡梦中也总是有天使在她头顶环绕。她说她已经订好飞赴纽约的单程机票。她真的要走了，梦幻一般地，飞到那个充满向往的国度。她说她走后一定会想念米墟。她说在纽约，只要一想到米墟也曾在这里生活过，心里就一定是温暖的。

大提琴女孩的这番表白，让米墟倏忽之间无限伤感。他甚至觉得心上的某个部位被撕碎了，正流出疼痛的血。于是他满心愧疚，悔不当初，当即提出一定要让他来支付女孩的房租。他补充说，无论怎样昂贵他都在所不惜。

然而大提琴女孩婉言谢绝了他。她说你送给我的五万美金已经让我很不安了。不过我迟早会还给你。茱莉亚音乐学院毕业后，我就能成为一流的大提琴演奏家，就像我梦想中的马友友……

当米墟听到女孩的雄心壮志，他竟然闪过了一丝失落。他知道他很可能错过了一个和艺术家终生相伴的天赐良机。是的，比起这个前程远大且指日可待的漂亮女孩，他的"红色跑车"怎么可能企及？于是些微的遗憾，让他有点恍惚。但很快他就回过神来，是的，这就是人生。

然后女孩做出要走的样子，但看到米墟恋恋不舍，不免闪烁出几许泪光。于是她情不自禁地回到座位上，强忍满心凄楚。她说千里送行，终有一别。少顷又说，只是我们还不曾好好爱过。

然后大提琴女孩掏出香烟，令米墟震惊。她将纤细的摩尔香烟很优雅地叼在嘴上，就像好莱坞电影中的那些粉红女郎。然后她点燃那支香烟，吞云吐雾，她说她就是靠这些支撑着完成毕业考试的。然后她在他们这一届学生中脱颖而出。因为在所有毕业生中，被茱莉亚音乐学院录取的只有她一个。她娴熟而坚定地将那些烟雾吸进又呼出，然后用拨弄大提琴的手指轻轻弹掉那些寂灭的烟灰。

米墟被大提琴女孩呛得头晕目眩，于是他认定自己有着不可推卸的罪责。是他让一个纯洁的女孩陷入深渊，承受她本不该承受的那份痛苦。想到这些米墟不禁自责，又有点释然，因为他第一次发现自己是个能够拷问自己灵魂的人。因此在积极的意义上，这种能感知罪恶、唤醒良知的人，应该不算一个坏人。

当灰飞烟灭，女孩拿出第二支烟。她长久地将香烟衔在嘴边，看窗外浓浓的夜色。她什么也不曾说，就等于是，她什么都已经说过了。于是，米墟以其自省过的心态靠近女孩，那一刻他真的想恳求女孩给他一个自赎的机会，但后来米墟才知道全都是虚妄。

大提琴女孩躲过了米墟的亲昵。她或者不想再和这个男人有任何瓜葛。她从嘴边拿开香烟，又若有所思地放回嘴角。然后在书包里奋力翻找着，直到米墟点燃的打火机贴近女孩的香烟。显然女孩很享受这种男人的殷勤，于是顺从地把香烟凑了过去，但她好像立刻就反悔了。她躲开米墟的打火机，再度做出要走的样子，却被米墟一把抓住，让她在强力中难以挣脱。

女孩负气地坐在那里，并莫名其妙地扣上安全带。意思可能是，好吧，我就留在这里，又能怎么样。米墟再度点燃打火机，想要点着女孩的香烟。却被女孩抢了过去，差点烧着她的手掌。

接下来她开始玩弄打火机的游戏。一忽儿点燃，一忽儿熄灭。噼里啪啦，明明灭灭，仿佛一个玩火的孩子。米墟隐隐预感到什么，在打火机的语言中，一定暗藏着女孩的玄机。但他就是无法参透，于是他决定收回那个打火机。

但就在米墟抓住大提琴女孩的那一刻，她却已经点燃了她的衣裙。易燃的丝绸顿时燃烧，并迅速在车内蔓延开来。

那一刻米墟企图扑灭汽车里的火焰，但在抢夺打火机和香水瓶的过程中，非常可惜地失去了灭火的最好时机。于是他只能眼看着火势四处蔓延，无情吞噬着汽车里所有的物质，包括他们的生命。那一刻米墟绝望地吼叫，你这个疯子，还不快逃出去。

女孩却神色漠然地坚守在副驾驶位子上。那一刻，她大有和心爱的人在烈火中同归于尽的英雄气概。她或者坚信这惨烈的死绝不是生命的悲剧，而是某种灿烂的飞升……

绝望中，米墟终于打开了他那侧被烧得变形的门。在终于呼吸到新鲜空气的一刹那，米墟的第一个意识就是他们得救了。然后他拼命拉扯那个已近窒息的大提琴女孩，却无论如何都不可能撼动她。她就像被黏在火焰上一样，和烈焰一道焚烧。

那一刻米墟只有一个心思就是救出大提琴女孩。于是他不顾一切地跑到女孩那侧，想从外面打开她那边的车门。恍惚间，他透过正在融化的车窗看到了他此生最不愿看到的，那条正在燃烧的安全带像死神一样，将女孩牢牢固定在了她的座位上。

他尽管绝望，却仍旧锲而不舍地营救她。他奋力扭动车门的把手，用身体顶，用双脚踹，哪怕被汽车里的灼热烧伤。他声嘶力竭地呼唤着女孩，他说你不能这样，你要活着，要活着，知道吗？就算是为了我……但汽车里的火焰越烧越旺，很快吞噬了整个车体。他真的彻底绝望了，他甚至恐惧，却蓦地，女孩那侧的车门竟轰然坍塌……

上帝啊，那女孩终于得救了！米墟觉得这是上天的眷顾。待他不顾一切地抓到女孩的身体，却一团烈焰奔涌而出，夹带着凶猛气浪将他远远抛了出去。紧接着一连串"嘭嘭"的爆炸声，火焰伴随着黑烟腾空而起，瞬间将所有的一切毁于一旦。

当米墟从昏迷中清醒过来时，他的沃尔沃已变成一片残骸。但他最先想到的还是大提琴女孩，想到那个烈火浓烟中凄惨的影像。然后他想到了那触目惊心的安全带，想到她为什么要死死扣住自己？或者自从她决定和他告别，就已经设置好了这个残酷的陷阱？

米墟艰难地从地上爬起来。他衣衫褴褛，周身疼痛，却奇迹般的毫发无损。他只是不知道该怎样面对这个可怕的事件，尤其事件中还有人死亡。尽管那燃烧已经归于沉寂，他还是不敢靠近那灼热的废铜烂铁，更不敢去看那个大提琴女孩。

是的，这一切都是她精心策划的。她本意就是要将米墟置于死地。尽管他并没有杀人越货，但那姑娘到底是死在了他们的关系中。米墟即或不死，也将永生永世置身于无尽的悔恨中，如此那个女孩的阴谋就得逞了。

米墟欲哭无泪，他只能捶胸顿足，哀号着悲戚。他怎么想也想不到，大提琴女孩竟以这样的方式谱写了他们永别的绝唱。

当最后的火焰化为灰烬，暗街又重新回到漆黑的午夜。然而这一刻让米墟愈加绝望，因为他亲眼看到了那些"流动青楼"怎样纷纷逃离现场。所有的汽车都一驶而过。悄无声息着他们的惊恐。无论米墟怎样向往来车辆挥手求助，都没有一辆车肯为他的不幸而停下来。

其实米墟的索求并不过分，他无非想借个手机拨打110，但现实就是这般冷酷无情。后来米墟才慢慢想清楚，这些人为什么不愿意帮助他。在这里人们只能各扫门前雪，因为"流动青楼"里的每一对情侣都有难言的苦衷。他们自身的处境就已经令他们尴尬无比，又怎么可能冒着暴露隐私的风险来救助米墟呢？米墟这样想着便不再怨恨他们。

不久后暗街正式开通，冠名为"幸福道"。竟也暗合了原本这条街上人们的一种人生期待。

蝴 蝶 飞

一

巾帼说那不是她要的今世前生。那时候她已经认识了宇文。

她说原以为我将永远被绑缚在家乡的土地上，在田野炊烟中成为某个乡下小伙子的新娘。但伴随着一村一村的男人离家远行，不再眷恋他们曾视为生命的土地和家园。是的，没有人再去侍奉四季庄稼，田野因此而变得萧索荒凉。于是年轻的姑娘们也只好离开，到城市中去寻找她们想象的美好人生。

就这样我们眼泪涟涟地离开了老家，从此像浮萍一般随风流转。

二

巾帼蜷缩在青娥阴暗而窄小的房间里。走廊上一间紧挨着一间的小屋子。没有窗，更看不到清晨或黄昏的太阳。这让她想起小说中旧时王朝的永巷。后宫们生存着只为一种期待，那就是帝王恩赐的甘露。然而青娥们在这逼仄的格子里又等待什么呢？隔壁房间里不断传来异常声响。

巾帼对此已司空见惯，而青娥更是懒懒地躺在床上看过期的画报。青娥总是以平常心面对她的职业，她甚至调侃自己这人渣般的生活是自由而快乐的。因为她知道这是她们这等人难以摆脱的命运。缝隙间，巾帼再度听到隔壁男人的喘息声，伴随着女人狡黠的呻吟。于是她总有种愤恨萦绕于心，但青娥却从来淡然以对，仿佛洞穿了世间。

楼下有人高声叫青娥。她不情愿地从床上爬起来。她知道是她的客人来了，于是出门前她本能地照了照镜子，抹上猩红的口红。然后她毫不讳言地对巾帼说，不是为悦己者容，这是起码的"职业操守"。当你面对这一刻的时候，只要想到钱，就不会让你恶心得想吐了。

青娥故作婀娜地走下冰冷的水泥楼梯。她隔着屏风就看到了那个猥琐而清瘦的男人。她停在楼梯口，望了那个男人很久。然后快步转身回她的房间。青娥的房门用红色水彩标明了22号。青娥总是说这是她的幸运数字。青娥引领那男人上楼时穿一件旗袍，尽管那化纤质地的旗袍穿在身上很不舒服，但这色彩艳丽的装扮还是让青娥有了种玉树临风的妖娆。

没有讨价还价，青娥愿意接受这个客人。她一再说，用金钱来消费她的身体并没有什么不好，而器官生来就是为己或为人所用的。然后她示意那个男人不要胡思乱想，她说这是巾帼，我表妹，不过她与交易无关。显然青娥和这个男人已经不是第一次，而他看青娥的目光也格外不同。

青娥说，巾帼是我最好的朋友。她叫巾帼，纯粹是为了满足她爸的虚荣心。她爸是我们村唯一的小学老师，一辈子最大的愿望就是有个儿子。后来他终于老来得子，从此巾帼就不再读书了。不过她自小聪慧过人，不是我这种靠放荡吃饭的人。所以你别在她身上打主意。我和你说这些只是为了帮巾帼。你不是认识那些流水线上的包工头吗？

然后青娥示意巾帼离开。她知道该说的都已经说完了。巾帼还没有走出房间，青娥就已经脱光了她的上身……

三

巾帼和流水线上的所有女工一样，每天要连续工作十几个小时。她们千篇一律地重复着同样的动作，就像是停不下来的机器人。她觉得这是对人生最残忍的戕害，每日的劳作几近濒临崩溃的边缘。但有一天，她偶然在一张旧报纸上读到关于玛丽莲·梦露的文章。她本来对这个外国女明星没什么兴趣，但玛丽莲在"二战"期间也曾在工厂做工，且任劳任怨地投身其中。无疑玛丽莲的经历打动了她，让她对这个女人心生敬意。她当然不是要成为玛丽莲那样的明星，更不是为了什么梦想和信念。但她夜以继日的工作也是有目标的，那就是实现父亲让弟弟上大学的夙愿。她知道那是父亲一直耿耿于怀的心结。而一旦做小学教师的父亲梦想成真，这个一直被压抑的乡村知识分子就能在乡亲们面前扬眉吐气了。

　　家族的希望就这样重重地压在巾帼身上。而她在这里生活的每一分钟，都似乎牵涉到家庭的荣誉。但她从来无怨无悔，以为天经地义。每到发薪那天，她都会及时赶去邮局寄钱。她总是将自己的生活费降到最低。她不知道在这个陌生的城市中，自己还能有什么别的需求。

　　将巾帼从几乎自虐的青春中拯救出来的，是公司在"三八"节那天为女工组织的联欢会。那时的巾帼和姐妹们一样，早已变得麻木。在心灵的荒芜中，给巾帼最大支撑的，就是她依旧喜欢唱歌。这是她在家乡时就有的爱好，每每在无人的山谷引吭高歌，听荒野的回声。于是巾帼偶尔在宿舍哼唱几句，竟获得姐妹们由衷的赞赏。她不仅会唱，还会唱很多首，那些大陆与港台明星的名曲她几乎都会唱。如此女工们都喜欢听她的歌，或许那带有山野气息的歌声让她们想到了家乡。

于是巾帼被推荐到联欢晚会的舞台上，她刚一开口，便立刻引来台下阵阵掌声。她一鸣惊人的歌声立刻打动了所有人，尤其是当晚在场的公司老板。联欢会结束时老板上台祝词。讲话中他特别提到了巾帼，并指派她为公司组建女子合唱团，以丰富和发展企业文化。

在老板的激励和工会的帮助下，巾帼立刻行动起来。利用业余时间，到处物色音色浑厚优美的合唱伙伴。但没过多久，巾帼莫名其妙地突然跳槽，而她所身负的这一使命也就寿终正寝了。

事实上，问题出在巾帼车间的女领班身上。自巾帼在公司的联欢会上大放异彩，女领班便开始对这个初出茅庐的女孩百般刁难。她想不到仅凭一首歌，就能让一个默默无闻的女孩进入老板的视野。而她尽管为老板风口浪尖地效力多年，却始终不曾受到过老板哪怕一丝一毫的关注。于是她觉得有失公平，进而对巾帼"羡慕、嫉妒、恨"。但她并不曾指责巾帼，反而以溢美之词赞扬她的歌声。她说有这么好的嗓子为什么不去外面唱呢，你比电视上那些歌星唱得好多了。干吗要待在这条流水线上，这里是人过的日子吗？所以千万别浪费了你的才华，这可是上天赋予你的机会。

但巾帼对此不为所动，一门心思地组建她的女子合唱团。女领班摇身一变，不再姑息，立刻将巾帼调至清洁工的岗位上。

美其名曰，这个岗位更适合你，能有更多的自由时间实现你的梦想。其实谁都知道清洁工是车间里最脏最累的工作，工资也最少。当辛辛苦苦完成一天的工作后早已疲惫不堪，哪还有什么精力去组建合唱团。周围的姐妹心知肚明，却谁也不敢得罪这个骄横的女领班。巾帼终于忍无可忍，她知道自己再也待不下去了。于是巾帼愤然离去，她知道在这个发展着的城市中，她是不会失业的。

尽管女领班对巾帼无所不用其极，但终究是她的妒火照亮了巾帼的才华。于是巾帼顿悟一般，觉得哪怕女领班所有的赞美都是虚伪的，但虚伪也是一种不可遮掩的真实。既然你比当下的那些歌星都唱得好，既然你拥有上天赋予的才华。是的，巾帼还从没听到过这么激动人心的鼓舞，何不为自己打造一片天地，既然这是个创造奇迹的时代。

于是巾帼摒弃了继续做女工的想法，尽管还没有向父亲如实说出自己的想法，却也在电话中委婉暗示了暂时不能给家里汇钱的苦衷。但她保证不会置小弟于不顾，换一种打工的方式，说不定能给小弟带来更多的资助。

于是巾帼不再求职于那些唾手可得的岗位，而是以仅余的存款为自己置办了歌手的行头。她决定破釜沉舟追求梦想。至少在下定决心的那一刻，她不再让自己的人生和父亲以及小弟纠缠在一起了。

接下来，她在几乎一无所有的状态下，走遍了城市中所有的夜总会。有的将她毫不犹豫地拒之门外，有的在听过她的歌后委婉拒绝。当然也有愿意收留她的，不过是作为陪酒女郎。他们并且大言不惭地诱导她，干吗要当歌手呢？要知道在我们这里，女招待远比歌手挣得多。亦有体恤巾帼处境的人劝慰她，不是当女招待就不能当歌手了，很多歌手都是从陪酒起步的，但是这需要一个曲折的过程。你听说过"曲线救国"这个词吧，如果你努力且真的有天分，迟早有出人头地的那一天。

总之无论怎样竭尽全力，她先后求职的各种酒吧和夜总会，不是对方不要她，就是她不能接受对方羞辱性的条件。于是她近乎凄苦地流连于这座五光十色的城市。她不懂为什么泱泱天下就容不下这粒微小的浮尘？

四

就在巾帼绝望的时刻，突然收到青娥的短信。她们其实已久未联系，甚至不曾通过电话。但彼此即或不相往来，也会像手足一样相互记挂。显然青娥顺风顺水，否则她不会说，你来吧。于是在巾帼最窘迫的时刻，仿佛心灵感应一般的，青娥令她有了一丝温暖。她告诉巾帼她所在的位置，说你坐上地铁四号线到终点就能找到了。

于是巾帼乘坐地铁，上了地铁后才知道这条线通往城外海滨。一路上她觉得每个地铁站的名字都好听，甚至有种能拨动心弦的感觉。什么"雨巷"、"月下"、"静夜"、"海滨故人"以及终点站"人间四月天"之类。她显然说不出这些词汇的意思，更难理解其中的含义。后来才知道这些小站的名字，就是一座座建在海滨高档别墅区的名字。而她乘坐这列地铁时刚好春回大地。

离开城市后地铁就跃上地面，车窗外"人间四月天"的景色一览无余。满目的青绿让巾帼不禁浮想联翩，她不曾感慨于窗外那一幢幢漂亮的房子，而是怀念起家乡的袅袅炊烟。她知道春天对于家乡意味了什么，所以在春种时她从不曾懈怠。是的，她怀念那单纯而简朴的乡村生活，想念田野的四季分明，一季有一季的景致，却不知何时才能回到牧歌短笛的田园。

但这列地铁并不开往家乡，而是通向城外海滨。她来到这座城市一年有余，却从未看到过大海的模样。她知道青娥所在的地段就在海边，所以就算是一时找不到工作，但至少能实现看到大海的愿望。她慢慢释然，想起父亲最常说的那句"来日方长"。这样想着就不再纠结，她知道自己想要的到底是什么，也知道为了想要的应该付出什么。

按照青娥电话中的提示，巾帼被引入一条狭窄的小巷。这是她来到这个城市后从未见过的陋巷。到处是肮脏的污水，堆积的垃圾。街两旁挤满临时建筑，房子里进进出出的人也都形迹可疑。小街上来回游走的还有那些流浪的猫和狗，在如此恶劣的环境中，她甚至有种恐惧的感觉。但既然已深陷其中，便只能在遍地的污秽中小心前行。她不嗔怪青娥为什么不到地铁站来接她，让她一个人走过这段可怕的路程。直到她终于远远地看到了青娥说的那座红房子。

她很难理解在如此恶劣的环境中，那座鹤立鸡群的楼房，为什么要刷上红颜色，而且这红也不是正经的红，既不是通常的绛色，也不是深红，是奇奇怪怪的某种猩红，看上去让人联想到流淌的血，甚至能闻到血腥的气味。总之，这座建筑在周边破烂不堪的"临建"中显得格外醒目，甚至给人一种近乎辉煌的感觉。它就那样招摇地、唯恐不被人注意地伫立在小巷的尽头。那夸张的血色，让这座建筑成了这片区域的旗帜。

巾帼小心翼翼地推开红色建筑的门。吱吱呀呀的铁锈声让她周身不舒服。迎面即看到这里 24 小时营业的布告牌，只是她还不知这道布告的含义。她有点拘谨地走到前台，向一位满脸是肉的女人呈报姓名。这是青娥在电话中要求她这样做的，于是那女人向巾帼露出假笑。说她是这家公司的副总，不过一看就知道她是老板娘。她那咄咄逼人的气焰，是所有这类女人共同的表情。只是这女人笑起来时格外夸张，就像是满脸的果冻在震颤。

　　巾帼以为这就可以上楼找青娥了，但那个自称副总的女人却让她填写繁复的表格。于是她更不知这是家怎样的公司，只觉得在填写表格时，女人一直在仔细端详她，并啧啧称赞巾帼的字写得好。接下来女人的果冻变得严峻，说有的员工连自己的名字都不会写。然后她慷慨放行，用她那胖胖的满手背是窝的手向楼上一指，你上去吧，22号，她等着你呢。

　　巾帼踩着粗糙的水泥楼梯一路向上。她记得工厂的楼梯通常是铺了瓷砖的。伴随着越来越向上，楼梯上的光线却越来越昏暗。二楼狭长的走廊里黑漆漆的，几乎没有光亮。于是某种阴森的感觉，让她一时间竟不知自己身在何方。

　　巾帼摸索着，终于叩响了22号房门。却很长时间没有回应，以至于她不知青娥是否在房间。她只好在黑暗中紧张地等待，之前的那种恐惧的感觉再度袭来。于是她想离开这个莫名其妙的地方。紧接着不知从走廊的什么地方，发出近乎绝望的喊叫声。那声音仿佛夹带着鲜血，却没有任何人前来过问。于是巾帼不再迟疑，决意离开这个可怕的地方。

　　然而就在她转身的那一刻，22号的门终于打开。一个佝偻着后背的男人走出来，苍白无力地，却目光炯炯地盯着眼前的巾帼。紧接着青娥梳理着散乱的头发走出来，狠狠地将那个男人推走，然后一把将巾帼拉进屋。

那是你什么人？巾帼满脸狐疑。

别管他。听说你不顺？

你干吗对人家那么凶？

你别管这些。

这，这到底是什么地方？

你看不出来吗？

那种地方？不，不不，你怎么能在这里？

我爸赌钱。输了房子。我妈说活不成了。总不能让他们睡岩洞吧。

那你就……

我算什么？我早就不把自己当人看了。我就是牲口。

我本来就指望你了，以为你能为我找一份工作，可是……

没有什么可是的，青娥满脸不屑的表情。我听说你连吃饭的钱都没有了，就像沿街卖唱的乞丐。不就是想要唱歌吗？这有什么难的，这里挣钱很容易……

不，巾帼打断青娥的话，不，我不能……

谁让你像我这样了？反正我已经被毁了。能给乡下赎回房子，我也能帮你完成心愿。谁让你从小就黏着我呢？我已经和楼下的女人说好，你暂时住这里，直到你找到喜欢的工作。我保证不会把你往火坑里推。我只是不想看着你像没头苍蝇一样到处乱撞。

五

巾帼开始了艰辛的跋涉。她把起步的舞台放在了海边。这也是青娥的建议，因为她确实看到过有人在海边卖唱。只是当巾帼带着自己的吉他和麦克风出现在海边时，立刻被海鲜馆的男侍蛮横驱赶。他们像恶狗一样扑过来，并连拉带拽地将她赶走。无论她怎样低三下四地苦苦哀求，都不能获得任何在海边演唱的机会。于是只能铩羽而归，她甚至不记得自己是否看到了大海。

后来巾帼才知道在海边演唱，也有不能言说的潜规则。并不是一定要和老板睡觉，因为这一带的海鲜餐馆大都是女人在打理。或者是名正言顺的老板娘，或者小三、小四也未可知。总之她们要表现出女性的能力与魅力，于是相互的竞争异常激烈。随之歌手的比拼也硝烟四起，因为对经营者来说，好的歌手确实能招揽更多的顾客。所以这里不存在男性潜规则下的那些花瓶，老板娘们选择的歌手首先要唱得好，当然也要长得好，不过底线是不能抢了老板娘的风头。

总之巾帼若想在这一带唱歌，最需要拉到的关系就是饭店老板娘。然而老板娘出现在餐馆里的概率少之又少，于是那个通常是男性的经理就变得格外重要。

当巾帼终于了然其中奥秘，青娥便亲自出马，带巾帼一家一家地缴纳不菲的试唱费。巾帼反复重申她只是借钱，进而感慨，若不是情同手足，又有谁会为她做这些。是青娥给了她唱歌的机会，也是青娥为她坚定了生活的信念。于是她坚信她的歌喉就是财富，进而畅想有一天她真的成了歌星，就会让青娥管理她的钱。

巾帼终于得以进入一家最萧条的餐馆演唱。那是一座叫"五层楼"的海鲜酒楼，看上去豪华而阔绰。房子被装修成"大金牙"风格，伪劣的罗马廊柱支撑着每一个楼层。这里的好处是能看到最开阔的海岸和最壮美的落日。而奇谲的礁石滩，又能让顾客在这里听到海浪撞击堤岸的咆哮。而这里的不好是，老板娘对餐馆的经营早已淡然。她是那种阅尽人间沧桑的真正的原配，所以对这种开餐馆的无聊把戏毫无斗志。来餐馆就餐的也大多是些亲朋好友，无非是新鲜的海鲜，也无需怎样高明的烹制。看上去她好像不过是让自己在此了度残生罢了，所以才会轻而易举地接纳了巾帼，而恰好先前在此驻唱的歌手刚刚被另一家火爆的餐厅挖走。

第一天，巾帼兴致勃勃地来到餐馆，很亢奋的感觉，仿佛梦想已经成真。时间还早，于是走到海边，觉得直到这一刻她才真正看到了海，尽管她已经在此晃悠了很多天。她从不曾屏息静气地欣赏过这片浩瀚的海洋，那一望无际的平滑，仿佛坚硬的陆地。只是，当真正看到了大海后才意识到，这并不是她心目中的海，至少，不是用清澈湛蓝那样的词汇所能形容的海。于是才知道，原来大海也是浑浊的，就像是山洪倾泻时遍布泥沙的河流。至此，关于大海的所有憧憬和浪漫顷刻化为乌有，那浑浊而晦暗的泛着鱼腥和腐臭的大海，此时此刻，就像是，她这个卑微而迷茫的女孩。很可能在一切还不曾开始的时候，梦想就已经破灭。

于是她变得迷惘而低沉，仿佛被大海的昏暗所左右。正午的餐馆只开放室外的散座，顾客稀稀拉拉。但巾帼还是勇敢地站在了她的岗位上，带着些微的羞涩与胆怯。这一刻她不敢面对客人，便转身朝向大海。她想以此平复紧张而惶恐的心情，想要大海赋予她歌声的力量。于是当她转过身来，便不再彷徨。既然她不过是一个连蚂蚁都不如的歌女，还有什么顾忌。

紧接着她敞开嗓门，放声歌唱。她觉得对她来说，勇敢就是力量。然后她听到了自己的声音，就算是唱得不好，却也让剥着海虾、啃着蟹腿的客人"忙里偷闲"给了她些微的掌声。于是她被鼓舞，以为自己正在向成功进发。然后她透过麦克风忽悠那些吃客，大声地问他们，我的歌唱得好吗？她知道她的问话几近于无耻。但是她依旧在问，你们还想听吗？当她看到几多顾客点头呼应，便立刻打开伴奏带，再度高歌一曲《青藏高原》。她刚一开口就听到了刺耳的叫好声，然而她并没有因此而得意。她只是依着自己的节奏，任海风吹拂着飘飘长发。慢慢地她不再在乎客人的态度，因为她听到在歌声中，有一种别的什么声音加入了进来。于是她放低音量，想找到究竟是什么在鼓舞她的演唱。那是种宏大而饱满的声音，汇了进来，成为某种赋予她激情的无形的支撑。直到歌唱进入尾声，才突然意识到，那浑厚的声音究竟来自何方。

唱罢，她立刻转向大海，看到了海的涌动。那层层叠叠的海浪拍打在黑褐色的礁石上，飞溅起白色的浪花。是的，她看到了，汇入她歌声的就是大海，那滔滔滚滚的合唱。尽管它依旧是浑浊的，却充满了一往无前的力量。是的，她没有舞台，只有身后的大海。是的，海空变幻的色彩就是她的背景。她背着她的吉他和麦克风，穿很短的裙子。只有当大海无限宽阔地汇了进来，她才能在紧张而不自信的表演中，唱出海 C 的高音。于是曾经萎缩的内心，忽然间变得强大。她知道那些吃客尽管不愿放下手里的刀叉，但还是尽可能地给了她掌声。她知道那是因为她的演唱至少是真实而淳朴的。

于是她知道自己成功地迈出了第一步，而青娥的投资也将如愿获得回报。她这样想着，甚至为青娥而骄傲。因为她知道这意味着，她将不再是一个需要人悲悯的无足轻重的人。她是有能力走上更大舞台的。

接下来她模仿刀郎的《告别战友》。那深情而略带沙哑的嗓音让她和刀郎几乎别无二致。但就在唱到"当我告别了战友"的时刻，突然听到身后另一种尖锐的声音混杂了进来。她再度不知道那是什么声音。那声音不管不顾地飞扬起来，并立刻覆盖了她的歌声。

那一刻，她没有停下来，也不曾回头，因为她觉得那是对观众的不尊重。但是伴随着身后的声音越来越强大，那种仿佛被淹没的感觉，以至于她不知自己是不是应该停下来。然而她最终还是选择了坚持，哪怕连自己都听不到自己的声音了。是的，她必须毫不妥协地唱下去，直到最后的那句"听你歌唱"。

然后她慢慢转身，朝向那震耳欲聋的声音，才知道那是冲击钻发出的尖锐声响。民工们汗流浃背，紧握风钻，身体和机器一道颤抖。掘进中，原本平整的路面被寸寸瓦解，一同被毁灭的，还有巾帼和她的歌声。

显然有人要重新打造海边堤坝，在那片高尚社区前建造绿廊，并修筑美丽的海岸花园。然而这些和巾帼有什么关系，却让她无端陷入困境。她不可能在冲击钻的轰鸣声中继续她的歌唱。她没有那种能和冲击钻一争高低的能力。她也曾尝试着寻找冲击钻的缝隙，比如在民工休息的短暂时刻为客人演唱。但一波一波的风钻声，就像一浪高过一浪的海浪，永不停歇。

巾帼沮丧地迂回在食客中间。她希望她的努力能为她赚到小费。尽管冲击钻无情淹没了她的歌声，但她确乎用心用力地去唱了。尽管她并不寄望于食客的慷慨，但至少应付给她起码的报酬。然而，她眼看着那些食客从她身边擦肩而过，一边剔牙一边离开了酒店。仿佛她的歌声销声匿迹，仿佛她这个人也不曾存在。但是她记得有谁在为她高声叫好，也记得是谁怂恿她再唱一首。但这些人就像失忆一般，甚至忘记了他们自己的慷慨激昂。于是巾帼不顾一切追了过去，问他们是喜欢《青藏高原》还是《永别战友》？而那些人仿佛什么也没听到，只是嫌恶地加快脚步远离她。而巾帼也觉得自己跟在他们身后讨公平，就像是一个失去控制的疯子。

但她没有放弃，始终锲而不舍地跟在那些人身后。她就像一个被抽打的发条陀螺，一路尾随到停车场。她挡在一辆宝马汽车前，她说既然你们听了我的歌……

但根本听不到唱歌的声音。一个女人轻蔑地看着她。

但我的确努力了，是风钻……巾帼眼泪汪汪。但我唱《青藏高原》时你们都鼓掌了，我看到了，那也是我的劳动，你们不会吝啬到连这点小钱都在乎吧？

算了算了，别理这种疯子……

不知道从哪儿来的一股力量，巾帼突然喊叫起来。生平第一次，她的声音压过了冲击钻。海边的每个人都听到了这个女人的歇斯底里。

你们这些脑满肠肥的混蛋。你们根本就没有廉耻之心。你们丑恶肮脏，内心充满罪恶，迟早会下地狱。说罢，巾帼向那辆汽车的车窗上狠狠地吐了一口唾沫，然后充满快意地转身离去。

然而坐在方向盘前的那个男人突然跳出来，向巾帼冲去。有人想拉住他，算啦算啦，不过是一个卖唱的。但他挣脱同伴的拉扯，穷凶极恶地追上去。巾帼听到了背后急促的脚步声，但她此刻已毫无畏惧。她慢慢转身，然后静静地站在那里，目不转睛地盯着那个愤怒的男人。

来呀，来打我呀，一口唾沫就能激起你那么大的仇恨？我就在这里，你随便吧，反正我这种人的命也不值钱。

然而盛怒中的那个男人，反而在巾帼的从容不迫中退缩了。没有人知道他是怎么想的，他甚至有点慌乱，有点不知所措。然而接下来令巾帼不可思议的是，那男人竟从钱包里掏出两张百元钞票，用两根手指夹着递到巾帼眼前。那一刻，他或者就是想知道这个无耻的女孩，究竟会不会接受这两百块的施舍。

那一刻，他们相互仇视地对峙着。他们将这对峙持续了很久。在男人眼里，这是场关于精神操守的拉锯。明摆着的尊严或羞辱。然而令男人无比失望的是，金钱最终超越了尊严。巾帼在男人鄙夷的目光中，接下了那两张硬挺挺的崭新钞票。是的，她从男人的指尖中接过了劳动所得。然后坦然地抬起头，看着那男人，目光中竟没有哪怕些微的羞辱感。

　　然而，就在那男人脸上刚刚泛出一丝轻蔑的微笑，他突然听到身后刺耳的撕扯之声。如此坚韧的钞票被撕成两半，紧接着四半、八半，纷纷碎片……

　　在麦田里长大的巾帼当然有这种力量，以至于疾速转身离去的那个男人不敢再回头。他们背对背地朝着各自的方向走去。男人下意识地戴上墨镜，而巾帼却将那些破碎的钞票抛向天空。那彩色的碎片随风飞舞，纷纷坠落。那一刻，巾帼觉得自己已羽翼丰满，这世间再没有什么可怕的了。

六

　　"五层楼"的女老板并没有因顾客的纠纷而辞退巾帼。她反而欣赏这种为保护自身利益而天不怕地不怕的勇敢精神。只是在冲击钻离开海滩之前，巾帼不能在白天唱歌了。于是她只能昼伏夜出，尽量延长晚上工作的时间。

　　巾帼依旧栖息在青娥的小屋。有了白天的清闲，巾帼才有机会观察红楼里的生活。白天这里通常客人很少，所以楼道里总是冷冷清清。女人们三五成群，纸牌或麻将，总之不会寂寞地待在自己的小格子里。

　　而巾帼之所以能日复一日地住在这里，完全因为青娥是这里的头牌。唯有她能拥有这个所谓的套间，也唯有她能随意差遣红楼里除老板之外的任何人。她不仅丰满漂亮，且性情刚烈，所以红楼里的女人都不敢得罪她，甚至前台的老板娘都惧她几分。据说老板也曾属意青娥，只不过他不是以嫖客的心态来对待她。所以青娥才会被任命为领班，从此在红楼享有特殊的威严。

　　青娥从不讳言老板对她的青睐。至少一个月会有一次，通常是在老板娘月经的时段。尽管没有人看到过老板潜入青娥的房间，但青娥每每到老板办公室汇报工作却是大家有目共睹的。再就是老板看青娥时那欣赏进而纵容的目光，一览无余地将他们之间的关系暴露无遗。然而老板娘却是另一种说法，坚称老公从没有动过青娥的念头。说这是起码的"职业道德"，堂堂红楼老板怎么可能监守自盗呢？

　　总之入行伊始，青娥就建立了她无以撼动的权威，于是才能在红楼顾客中挑肥拣瘦。她当然不会像那些刚出道的女人，专拣那些英俊帅气却囊中羞涩的小白脸。要知道这里并不是婚介所（尽管打着婚介所的旗号）。就算是小白脸看上去赏心悦目，能带来某种感官上的愉悦，但青娥早就参透了其中的优劣，所以，她更在乎那些手攥公文包的包工头。当然，这类人中也良莠不齐，泥沙俱下，一些明明很殷实的却总是斤斤计较。所以青娥更喜欢那种仗义行侠的，能拿出五百就绝不会拿出四百九十九的那种男人。对这类慷慨之士她总是格外关照，以至于久而久之成为知己。其中大义者甚至想为她赎身，但每一次青娥都婉言谢绝，说她早已适应了这种自由自在的生活。

巾帼像小鸡一样被保护在青娥的翅膀下，名正言顺地跟着她在红楼里混吃混喝。她日复一日地挨着漫长的白天，却从不参与红楼里那些女人的活动，甚至很少和她们搭讪。尽管她知道自己和青娥她们本质上没有什么区别，不过是赚钱的方式略有不同。她们直接用身体愉悦他人，产生价值；而她又何尝不是在运用她的声带去取悦听众呢。所以，说到底她们都是在利用器官，只不过使用的部位不同罢了。尽管阴道和声带几乎同样狭长，但歌声所带来的快感却能升华到精神层面。单单是这一点，就让巾帼觉得自己超越了那些红楼女人，在这个充满污秽又苦苦挣扎的群体中卓尔不群。

她之所以不让自己混同于那些可怜的女人，还因为她们对眼下的生活竟然已非常满足。比起那些风餐露宿的民工，她们的生活的确优裕很多。所以才会终日恹恹的，除了必须要做出搔首弄姿的那一刻。但既然选择了这个职业，为什么不能做得更赏心悦目呢？

她于是对这些浑浑噩噩的红楼女人心存鄙夷。她并且越来越难以忍受这里肮脏的环境。甚至在青娥面前，有时候，她都会不知不觉地表现出一种不自知的优越感，让慷慨收留她的青娥很不是滋味。只不过看在同村姐妹的份上，青娥不想让她难堪罢了。

于是每个离开红楼的傍晚，就成了巾帼一天中最幸福的时刻。无论她的演艺生涯遭遇怎样的冷落，甚至有时候整晚颗粒无收。但只要唱歌，她就和红楼里的那些女人不同，这甚至成了她唯一能和她们区别开的标志。就算是没有人真正欣赏她，她也依旧认为自己是高尚的。

七

在一个细雨蒙蒙的傍晚，巾帼像每天一样怀着某种解脱感，欣悦地离开了污秽的红楼。她打着伞，听雨滴淅淅沥沥落下的声音。如果她能够看不到周边的景象，如果雨伞能遮挡住那所有的不堪，那么，她或许能联想起李清照的诗。那是父亲最喜欢的"梧桐更兼细雨，到黄昏，点点滴滴"。然而此刻，那些美丽的诗句与她无缘，尽管雨水早已迷蒙了眼前破败不堪的景象。前往海岸，她必须穿过这条污水恣肆的街巷，在雨的泥泞中艰辛跋涉。对她来说，这里的环境早就让她忍无可忍，但迎面而来的那些拙劣的服装屋、杂货铺、五金店以及各类小型超市里依旧人来人往，甚至欢声笑语，仿佛他们从未在意过这条街区的恶浊。

巾帼不知道自己怎样才能摆脱这里的氛围，不知道在她奋斗的漫漫路途中，什么时候才能住进高级酒店，踏上红地毯，在真正的舞台上唱歌。只要想到这些她就满心凄楚，并自然而然地联想到李清照的"载不动，许多愁"。但是她相信自己不会被这些愁苦压倒，因为她总是能把坏心情转化为坚持的动力。她这样想着，便不再怨天尤人，也不再抱怨脚下的烂泥。

大概就是在巾帼躲开那处水洼的一刻，她突然听到了烟雨中飘来的某种声音。那声音委婉而凄楚，那么动人心魄的歌声。巾帼不知道那天籁般的声音从哪儿飘来。她停下脚步，仔细谛听，在雨中，四处寻找。那歌声断断续续，时快时慢，往复循环，但巾帼就是找不到那歌声究竟从何而来。一时她甚至觉得是自己的幻听；因为自己正置身于无限伤感的细雨黄昏。总之这绝不是她平日为饭店顾客演唱的那种流行歌曲，不，不，她从未听到过这如此动人的曲调，那么高亢而委婉，又单纯至极。那说不出的好听，唱不尽的凄迷，就那样浮云一般地，在烟雨中往复回环……

巾帼收起雨伞，让自己站在雨中。她寻那歌声，却依旧遍寻不见。但她却莫名其妙地，突然觉得自己被改变了，变成了另一个人。是的，那一刻，她知道，这才是她真正想唱的歌，不管这歌声来自何方。哪怕就在这陋巷之中，哪怕这歌声中也流淌着下流与污秽。总之那不是众声喧哗中的人云亦云，而是最简朴的表达，最直白的诉说。而巾帼自唱歌以来所要寻找的，其实就是这种朴素的宣泄。

于是她仿佛重新发现了自己。她决意从此演唱这种真实的歌。她几乎立刻就记住了歌的旋律，并能用她自己的声音哼唱出来。当她满怀欣喜地把握住了这个非凡的时刻，她抬起头，发现自己正站在一家店铺前，门楣上用刀刻上去的是"语文书店"几个字。

是的，她怎么可能期待在这条街上有书店呢？但是她立刻就想到在穷乡僻壤，又怎么会有父亲那样能将《四书》、《五经》读破的人呢？然后，她停下来，对这样的一个所在肃然起敬。尽管她早就没有了读书的心情，却还是对读书这两个字充满迷恋。

待她转身，突然听到，那缥缥缈缈的歌声又响了起来。紧接着一个男孩出现，问，要买书吗？租录像带？惊悚的还是色情的……

你放的歌？是谁在唱？

男孩立刻关掉录音机，你想要什么？

干吗关上？我就是想听她唱。

哦，我以为你不想听。

是谁在唱？

周璇。

周璇是谁？

三十年代的电影明星。

这是她的嗓子？

是。

这歌叫什么？

《夜上海》。

刚才的那首呢？

《花样的年华》。

我喜欢。我也唱歌。但从来没听过这样的歌。

想知道她的人生吗？

想。

她是上海滩三十年代崛起的一颗最璀璨的星。她出生在尼姑庵，显然她不该来到这个世界上，于襁褓中被送到贫困的养父母家。没有人知道她怎样度过了艰辛的童年。13岁加入"明月歌剧社"，从此走上演艺之路。她以纯真的表演名噪影坛，又以甜美的歌声荣膺歌后，而她的一生，却如一支哀婉的悲歌……

我，我也想唱她的歌……巾帼眼巴巴地看着对面的男孩。

这种流行歌曲，在法国被叫作"香颂"。男孩近乎迷茫的神情，"香颂"这两个字是不是很好听？

我买这张碟，多少钱？

不，我不卖，这是我为自己进的。这条街没有人愿意听周璇的歌。

就算是借给我。

真的不行。

你这人怎么这么死心眼儿！巾帼恋恋不舍地离开。但她走了几步又返回来，我给你两倍的价钱……

怎么是钱的问题呢？

那是什么问题？算啦算啦，那么，我能来听吗？

男孩说，随便。

既然随便，从此巾帼的生活变得绚烂，再没有一丝百无聊赖的悲哀。她几乎每天都来语文书店，在这里一字一句地学唱周璇。她喜欢《花样的年华》、《五月的风》，也喜欢《葬花》和《夜上海》。很快她就将周璇的词曲全都背了下来，在仿效周璇声音的同时，也揣摩其歌唱时的心境。然后她开始跟着书店的录音机唱，回到红楼后又在心里唱。很快她学会了周璇光碟中所有的歌，而拿捏的音调也和周璇别无二致。某一天，她甚至觉得这世间唯有她能让周璇死而复生，也唯有她能让那些记忆着岁月沧桑的老歌重返人间。

然后在周末的那个夜晚，她第一次演唱了周璇的《夜上海》。那时明月高悬，微风习习，大海上铺满了碎银般的光亮。那一刻她觉得自己就是复活了的周璇。她的歌声显然吊足了食客的胃口，音乐一停，立刻爆发出热烈的掌声，伴随着口哨和尖叫声。显然她与众不同的歌声感染了那些原本冷漠的人。她知道她的演唱堪称一夜成名。唱着周璇的歌的那种感觉让她无比自豪。她坚信在海岸卖唱的那些歌手，都不会像她这般独辟蹊径，翻唱旧歌。尽管听歌者不再是周璇时代的人，但不同时代的旋律反而带给人们新鲜的感受。

是的，她永远不会忘记这个属于她的夜晚。那时黄昏沉没，天空呈现出一片夜晚的深蓝。歌声中，她能够听到海浪轻轻拍击着堤岸，也能够看到星河中壮丽的景象。午夜中她又献唱了一曲《花样的年华》。她能够感觉到她的歌声已经深深打动了在场的每一个人。

一时间巾帼的演唱不胫而走。海边餐馆都知道有个女孩在唱周璇的歌。歌者独树一帜的风格让她声名鹊起，以至于人们纷至沓来，就为了听"五层楼"的那些怀旧的老歌。不经意间，巾帼的歌声哄抬了"五层楼"的生意，而精明的女老板立刻让巾帼成为餐馆的正式员工。

伴随着巾帼收入的稳定，她想搬出红楼，在海边公寓租住一套小房子。但她却没有立刻搬走，想挣到更多的钱还给青娥后再安心离开。于是她继续睡在青娥的沙发上，继续每个傍晚带着喜悦的心情离开红楼。

如此久而久之，直到后来的某一天，她突然意识到，自己之所以不想离开，并不单单是为了青娥。她眷恋这条狭窄的陋巷，甚至眷恋小巷的肮脏，是的，并不是为了青娥，而是因为那个小小的语文书店。

自从在雨巷中听到周璇的歌，她就和这条小巷有了剪不断、理还乱的关系。每一次经过书店时她都会莫名的感动，她知道自己能有今天，是离不开语文书店的。是的，没有书店就不会有周璇；而没有周璇，也就不会有日后的巾帼。在这个充满金钱交易的社会中，又有谁能像那个男孩一样，无偿地为她提供各种帮助？别人的一鸣惊人和他有什么关系？然而他就是日复一日地将他的录音机和光碟提供给她，让她在短短的一两个月后，就因为周璇而名声大噪。然而对她来说，最让她受益的，并不是自己的出名，而是他为她讲述的那些周璇的故事。歌可以唱给大家，但故事却是属于心灵的。她才能在周璇的歌中唱出周璇的人生，也才能在自己的演唱中赚到周璇的钱。

八

白天，巾帼将所有的时间几乎都用在了读书上。读书时她总是要爬上红楼的房顶。她知道，只有在这种地方才能不受干扰，看不见也听不到楼层里发出的那些不堪亦不忍的声音。那些书都是向语文书店借阅的。她不喜欢小说或诗歌一类太过文艺的书籍，而对书店男孩推荐的那些励志书籍情有独钟。那些名人传记无疑给了她无限启示，甚至让她看到了自己的未来和希望。从丑小鸭到白天鹅并不是童话，而大千世界每一天都可能发生奇迹。于是她如沐春风，如获至宝，每天都孜孜以求地阅读那些中外女明星的传记。尤其那些出身微贱的女明星，从玛丽莲·梦露到三十年代的阮玲玉和周璇。她们的生平无疑证明了，贫穷并不是奋斗中的障碍。甚至在某种意义上反而成了动力，成了她们激情的来源。所以，个人的天赋和努力与贫富毫无关系，而鸡窝里飞出金凤凰也早已不是神话。而她们，就像是一朵朵从尘埃里开出的花，在艰辛中活出炫目的人生。

这些阮玲玉、周璇式的传奇深深吸引着巾帼，让她从此神往于奇迹出现的境界。而她坚信这个世界是真实的，而那些过往的奇迹也是真实的。于是她一如既往着自己的憧憬，期待着有一天能梦想成真。

就这样，巾帼日复一日地陷入她的白日梦，甚至有时闭上眼睛就能看到自己头顶的光环。她喜欢屋顶的高远宁静，喜欢这里能远离尘嚣，哪怕偶尔从楼下传来猥亵的交媾声。就这样，期许与罪恶混杂在巾帼的梦想中。慢慢地，她竟没有了愤慨，既然是尘埃里开出的花，唯有释然。

自从有了传记中那些可以仿效的榜样，巾帼对未来愈加信心百倍。她决意不再唱时下那些尽人皆知的流行歌曲，而是让三十年代那些怀旧的歌声成为她的名片和招牌。她的选择，无疑让她站在了另一条起跑线上。她知道这是某种讨巧，但，为什么别人就没能抓住这个机遇呢？何况她的嗓音确实接近周璇，她不仅能唱出周璇的曲调，还能唱出周璇的青涩。在翻唱这些老歌时，她不像有些歌星那样，有意改变原曲的音调和旋律。不，她没有，她只是忠实地复制周璇，每一个音符，甚至每一次换气，她都模仿得毫无二致。以至于巾帼的周璇，几乎可以乱真。

而这种仿真，是在她每一首歌都唱过百遍以上的基础上完成的。她知道以她这种无名之辈的身份，只有下过苦得不能再苦的真功夫，方能有机会展露自己。于是《花样的年华》、《莫负青春》、《采槟榔》以及《葬花》等，只要她一开口，即刻满堂彩。仿佛周璇再世，巾帼被惊为天人。

伴随着每日的咏唱，巾帼竟恍惚觉得自己成了周璇时代的歌女。于是她满脑子都是花样的年华，月样的精神，黄叶舞秋风，浮云散，明月照人来之类，仿佛已不是现实中人。

如此巾帼被自己所迷失的幻境滋养，她生活的态度和为人的性情也都悄然发生了变化。最明显的是，她不再穿当下女孩们那种时髦的服装，而是清一色地定制了各种或长或短、或长袖或抹袖的旗袍。她为此到处寻找那些花色和周璇旗袍相似的布料，并几乎拥有了她所能看到的所有周璇旗袍的样式。伴之而来的，是她在旗袍之下那缓步轻摇的步履，那雍容优雅的姿态。而她并没有真的看到过周璇的表演，她只是听周璇的歌，唱周璇的歌，竟然就能纯熟地将那身段和气度完美地再现出来。

巾帼就这样妖娆着三十年代的风流。哪怕那些美人已逝，却依旧能在巾帼的身上，领略到她们当年的妩媚。慢慢地，巾帼觉得仿佛时光在倒流，而她也不再是这个年代的人。她甚至觉得自己凡举手投足，乃至说话的口音和腔调，都和已然逝去的那个年代无比契合，进而觉得自己进入了某种黑白时代，和现今这个绚丽多彩的世界彻底隔绝了。

从此，她带着别样的风情徜徉于海岸餐馆。那时候她已经成为海岸一带卓有名气的歌手。她知道是她锲而不舍的精神和对往昔的追求，成就了她。每每想到这些，她都会自然而然地想到语文书店的那个男孩，想到他曾经怎样日复一日地为她播放周璇的歌，又怎样四处奔走，为她找来各种女明星的传记。他做着这些的时候神态自若，仿佛不是为她，而是在做自己的事情。

总之她穿着当年的旗袍，烫着明星的卷发，一出场就能引来山呼海啸。以至于很长一段时间，食客们都是为着巾帼的歌声而来的。一时间，曾经萧条的"五层楼"竟成为海滨餐饮中一道妖娆的风景。

<h1 style="text-align:center">九</h1>

当巾帼决定离开红楼，开始自己的生活时，青娥却突然病倒了。那时候巾帼刚刚租下了海滨公寓的小套间，并以双倍数额偿还了青娥借给她的钱。她本想留下来照顾青娥，却被青娥坚决赶走。她知道像青娥这样的女人在这种地方病倒后，是不会有什么人来照顾的。无论青娥曾经怎样颐指气使，而一旦倒下，就像是匍匐在荒郊野岭等死的一条狗。

事实上青娥久已不舒服。她只是不想把病态表现出来。尤其在这种几乎没有任何保护措施的地方，染病几乎成为每个员工必须面对的现实。当然，她们也对自己的职业心怀恐惧，所谓的高风险和高回报几乎不成比例。但幸好红楼自开业以来还不曾有过艾滋病，但被染上性病已司空见惯。于是她们庆幸自己服务的对象，大多是那些健康而质朴的民工。尽管他们已成为城市建设的主角，但都市安逸的生活却与他们无关，尤其是远离女人让他们单调的生活失去了依托，于是红楼就成了他们亲近的地方。

总之自红楼纳客以来，从没有员工因病而死亡。公司为她们定期体检，也告知她们该怎样保护自己。既然要靠身体赚钱，身体就应该是健康的。这已成红楼员工的共识，关乎公司，也关乎自己。

青娥不知道自己为什么一天天委顿。哪怕气候些微的变化，都会引发她不适的感觉。不过好一段时间她一直隐忍，靠浓妆艳抹遮盖灰黄的脸色，而此刻只能靠廉价的药物支撑自己。她能够感觉到自己在一天天消瘦，睡梦中似乎都能听到被敲骨吸髓。生命像抽丝一样被慢慢掠夺，后来她终于明白了自己的病情。

青娥所以能成为红楼的头牌，是因为她有着一种与众不同的风度。在任何情境下，她都不矫揉造作，更不会拿捏出病西施的娇嗔。她总是以她毫不利己的姿态，去取悦那些急不可耐的客人。总之无论她怎样不情愿，都会让顾客觉得物有所值。所以但凡接触过的人都会觉得这女人爽快，久而久之，她也就成了客人们最喜欢的姑娘。随之来探望青娥的客人越来越多，她的地位也随之越来越稳固。

伴随着青娥的声名鹊起，她也就拥有了挑肥拣瘦的权力。而她所谓的挑肥拣瘦，就是能自主选择接纳那些更有钱的人。所以能出入青娥房间的大都不是普通民工，包工头比起那些初出茅庐的小工，当然能拿出更多的钱来取悦青娥这样的女人，甚至送给青娥金戒指和玉手镯。青娥在能赚钱的时候总是尽心服务，她也将这种"职业道德"毫无保留地传授给了那些刚出道的女子。

尽管青娥的房子里人来人往，但她属意的男人也不过那么三两个。青娥真正喜爱的，首先是那个和她年龄相仿的男人。如此其貌不扬又不善言辞的男人不知道怎么就博得了青娥的芳心。他看起来普普通通，毫无光彩可言，后来听说他是一位技艺超群的泥瓦匠，能制作出欧美建筑中那种繁复的花饰。这男人在乡下有父母妻小，但他已经连续三年没回过家了。所以他想念他们，尤其想念妻子。他说他妻子是村里数一数二的美人，独自在家照顾老人孩子，苦不堪言。那男人有时候来，并不是一定做爱，更多的是希望得到青娥对他的精神慰藉。青娥知道那男人心里只装着他家里的美人，于是很多时候青娥也不要这个男人多给的钱。这也让老板娘对青娥颇多微词，青娥不认真收费就意味着公司减少收入。当老板娘实在忍无可忍，只好向老板告发了青娥。

然而老板对青娥从来网开一面，只强调不能得罪了公司的摇钱树。说那个泥瓦匠的一点小钱算什么，我来出。又说，青娥确实没有跟他做，为什么要多收人家的钱。然而老板娘不依不饶，就算没做也耽误时间了。你就不能当他是青娥的老乡来聊天？这里是公司，又不是她家的炕头！你有完没完，就不能闭嘴吗？你就是宠着她，你到底欠她什么啦？说罢，老板娘愤愤离开前台，回她的房间，打开电视机，嗑着瓜子，并气急败坏地将瓜子壳喷出老远。

红楼里，青娥和老板的关系尽人皆知。她就像老板的又一个说一不二的老婆。只是她从来没有停止过她的劳作，并且把老板也当成她的客人，甚至收取比一般客户高出好几倍的昂贵费用。他们的关系始于老板对青娥的难以琢磨。他不知这个长相平平的女人怎么会吸引那么多客人。或者这女人的名字让人联想起早年的那些青楼名妓？或者这女人身上有种让男人难以抵御的诱惑力？于是老板决心一试，并毫不讳言地告知了妻子。说他就是想探求这个女人的秘密，然后在生意清淡的某一时刻，嫖客一般地走进青娥的房间。接下来他就不再向老板娘汇报了，只蜻蜓点水地说，大概是因为这个女人的仗义行侠。有了这番云雨之交，青娥就名正言顺地成了红楼的领班，其职位只在老板娘之下。老板娘挣扎了几个回合后，终于偃旗息鼓，甘拜下风。

老板娘知道除了老板和泥瓦匠，青娥中意的还有一个包工头。他们之间就是那种赤裸裸的性交易了，然而在他们的关系中，竟然也升华出某种惺惺相惜的友谊，尽管那包工头年长青娥足足20岁。一开始，青娥取悦于包工头就是为了钱，但久而久之，竟生出父女一般的情愫。这种关系或因年龄，或因包工头体恤青娥的不幸。他进而萌生出为青娥赎身的愿望，那是旧时电影中经常出现的场面。但他的好意被青娥断然拒绝，她只问包工头一句话，那么我还能干什么？然后他不停地给青娥买首饰，他低俗的品位让青娥得到的也只有那些沉甸甸的金戒指和金链子。那些俗气的首饰毫无美感，但显然又是非常值钱的。于是青娥将其中的一些转赠他人，比如送给泥瓦匠乡下的老婆。当然她也曾试图送一些给巾帼，但巾帼总是婉言谢绝。

尽管青娥和包工头已情同父女，但包工头却从来没停止过在青娥身上的发泄。行止间，他显然也感受到了某种乱伦的羞愧，但那种犯罪般的自责反而让他更加一往无前。他将他内心的悔恨转化为变态的撞击。他不是咬破青娥的乳房，就是刻意弄伤她的下体。所以每一次青娥都苦不堪言，却任凭被他折磨得遍体鳞伤。以至于人们只要看到青娥肿胀的嘴唇，就知道一定是那个混蛋又来了。

然而更让人难以理喻的是，青娥却从来没说过包工头的不好。据说当年赎回父母家房子的那笔钱，就是包工头无偿送给她的。所以无论那老男人在她身上做什么，她都没有过哪怕一丝一毫的抱怨。

但不知从什么时候起，那个包工头突然不来了。照理说这应该是青娥的福分，终于可以不再被那个野兽一般的男人强暴了。但青娥却莫名地紧张起来，不知道包工头到底出了什么事。

青娥对他或许真有了对父亲的感觉，于是她开始不停地打电话。最先铃声响起，无人接听。后来干脆对方已关机。于是她愈加惶惶，坐卧不宁，她记得自己父亲去世时都不曾如此恐慌。她担心他绝不是因为他是她的钱柜。她觉得他们之间确实有一种血肉相连的亲情。

　　青娥就是从这一变故后委顿了下去，仿佛生命中突然没有了动力。直到有一天她收到一笔三十万元的汇款，和一封从邮局寄来的皱皱巴巴的信。她才知道，那个老男人已经死了。这信是包工头临死前亲自写的，他说他将为自己制造一起安全事故，几天后他会从脚手架上不慎跌落。他说这一死不仅能为他换来"民工英雄"的称号，还能帮助他获取一笔可观的抚恤金。然后话锋一转，说他不是这样死，就是那样死，反正人总是要死的。事实上他早就知道他已临近死期，所以他才选择了这个于人于己都好的骗局。他觉得这世上最对不起的人就是青娥，所以他早就为青娥准备好了这笔汇款。他进而提醒青娥一定要定期检查身体。最后才说，当他得知自己染上了艾滋病，人生似乎就只有这一种选择了，所以，对不起。

　　那晚青娥在房间里大哭一场。巾帼深夜回来时，她依旧不能平复心中的纠结。她说她并不在乎那老家伙有没有艾滋病，她知道任何职业都是有风险的。她早就参透了生命的无常，每一天都会有死亡的新闻。民工从脚手架上掉下来，矿工被透水葬身井下，反正人的生死是有定数的，无论怎样的死，最终都是死。她只是恨他为什么不说一声就走了。她更加怨恨他为什么非要给她留钱。她从来不打听客人的家庭信息，她说这是红楼的规矩。所以她不知该怎么和他的家属联系。她不想要这笔充满辛酸血泪的钱。

当青娥参透了人生的无奈，她便从此安之若素。只是她日益的消瘦有目共睹，姐妹们开始不约而同地疏远她。伴随着逐渐的体力不支，让她露出难掩的病态。但青娥始终坚持着，直到救护车闪着蓝光将她带走。

十

在那些繁花似锦的日子里，巾帼确实取得了成功。演唱的风格及怀旧主题，让她一度成为最炙手可热的歌手。然而她的高调崛起，却无形中伤害了海岸其他歌手的利益。这对于巾帼来说几乎是致命的，尤其那些从来不是省油灯的老板娘联合起来抵制"五层楼"，事情就没有那么简单了。

此后，无论巾帼还是"五层楼"的女老板，都曾收到过各种恐吓信。甚至巾帼演唱后收到的红包里，竟然有一颗亮锃锃的子弹。然而令巾帼更加恐惧的是，快递投送员送来了一个用漂亮包装纸包裹的盒子。那一刻她以为是喜欢她的歌迷送来的，于是心中充满美好。待她小心翼翼打开包裹，忽然意识到怎么会有人知道她的地址。但她还是一层层拆开包装，直到最后一层，她才看到了那个血淋淋的手指。

那一刻她真的怕极了，脑子里一片黑压压的空白。但是她很快回过神来，抱起纸盒不顾一切地往楼下跑。她要将这残忍的血腥立刻扔进垃圾箱。她丢掉邮包时就像丢掉一枚随时可能引爆的炸弹。她不知那是何人所为。亦不知被砍断的手指是谁的。但是她知道一定是海岸那些妒忌者所为，而他们不遗余力制造恐怖，就是为了赶走她。

就这样退出吗？那么，她又何苦殚精竭虑地缔造了演艺生涯的精彩开端？在追名逐利中开拓出一条属于自己的路，她努力了，也做到了，并终于站在了风光无限的海岸线上。她以为成功将为她带来更广阔的世界，以为通向明天的道路已唾手可得。

然而，这所有的梦想都伴随着威逼和恐吓继而变成了她的噩梦。她所有的追求就像破碎的海浪，无情撞击在黑色的礁石上。她当然知道这是个弱肉强食的时代，而自己只是个卑微的弱女子。她没有靠山，也不曾取悦于谁。在她的背后，只有青娥和语文书店的那个男孩，她甚至不知道他的名字。

她知道在那些威胁自己的势力背后，还有着更为可怕的争斗。而她不过是一个引子，一个博弈中的棋子。而棋子总会被抛弃的，何况一个无名的女子。

在如此生死临头的关头，她到底该怎样做？这时，她才意识到，在这偌大的城市中，她竟没有一个可以依靠的人。

十一

巾帼终于被解雇，她知道这是迟早的。尽管老板娘给了她一笔可观的遣散费，巾帼还是很难过。她知道老板娘对自己的餐馆都不上心，更不会因为巾帼的几首歌而惹上不必要的麻烦。

老板娘通过电话传递了辞退巾帼的决定。她说这是她最痛苦的选择。之所以打电话，是因为不敢面对巾帼。她知道巾帼是无辜的，但这个世界所戕害的都是无辜者。她说她曾无数次收到恐吓的信件和电话。更有甚者，你看到了，"五层楼"的牌匾被砸，前庭被毁，以至于客人们都不敢再来咱们餐馆。所以她只能忍痛割爱，出此下策。她说这样做也是被逼无奈，希望巾帼能原谅她。然后便开始汇集那些她所能说出来的形容词，来赞美巾帼那出色的表演。她说以前从不知还有如此风情的三十年代。她本来很少到店里来，但自从有了巾帼的歌声，她几乎每晚必到。她说她感谢巾帼带来的生意兴隆，她说"五层楼"

还从来没有这么火爆过。她知道人们所以趋之若鹜，都是因为巾帼的歌。她认为如果能依照优胜劣汰的法则，她的餐馆肯定会由此而名声远扬。但成也萧何，败也萧何，同样是法则。关键是，我们从来不能掌握自己的命运。女老板说到这些不禁唏嘘，她说事实上我们这些卑微的人，根本就无从控制自己的人生，无非是尽力将生命的风险降至最低罢了。解雇一个歌手，总比馆子被砸、家毁人亡要安全得多，至少，她从此再也不用每天提心吊胆地生活了。

女老板满怀愧疚地解释着，她说大家在这个地盘上营生都不容易。你只有跟所有人站在同一条线上才是安全的，否则所有人联合起来收拾你，你的末日就临近了。两年前在这片海滩上我就亲眼看到过，一家日益火爆的餐馆怎样一夜之间化为灰烬。所以对咱们这些做小本生意的人来说，活着，比什么都更现实。

最后，她希望巾帼能体谅她的难处。事已至此，我只能说，委屈你了，对不起。但我已经给其他朋友的餐馆和歌厅打过电话，或许他们中有谁能接受你……

巾帼忍不住流下眼泪。她说，她知道老板已仁至义尽。其实她也预期过这样的结局，但是当不幸真正到来的时候还是满心悲伤。她不知为梦想要付出如此代价，以为只要不懈努力，就能被社会所承认。她如此简朴的想法来自传统的价值观，但在她看来这个价值观已被金钱的社会颠覆了。

　　幸好巾帼并没有气馁。她不是可以轻易放弃自己的那种人。她也不会因亮锃锃的子弹和血淋淋的手指而有所畏惧，因为她本来就一无所有。她不过是大千世界中一粒微小的尘土。如果她还能通过自身的努力赚钱谋生的话，就非常满足了。所以没有什么可抱怨的，是的，她已经在慢慢适应这个弱肉强食的社会了。

十二

　　"武町之恋风"是一家日式餐厅，坐落在城市中最豪华的写字楼中。餐厅位于写字楼顶端，从这里能看到整座城市。尤其朝向大海的那端无限开阔，有时候，甚至能隐约听到海浪的声音。这里的"大叔"级领班毫不犹豫地接纳了巾帼，足见"五层楼"女老板的真诚。

　　这里被故意设计成古代庙宇的风格。在时空的轮转中，仿佛回到了某个久远的年代。在幽暗而温暖的灯光下，恍若画中。寂静的走廊曲径通幽，连用餐的饭桌也被流水环绕。客人们在绿树掩映下享受烛光晚餐，仿佛置身于异国他乡。

　　这个餐馆为什么要叫"武町之恋风"？这名字听起来就像一

个传奇，不知道意味了一个怎样美丽而忧伤的故事。

尽管"武町之恋风"收留了她，但在上班之前领班还是验证了巾帼的演唱水平。在年长的领班面前，巾帼一如既往选择了三十年代的歌。用她几乎可以乱真的声音，再现了曾经风光无限的周璇。她确信周璇会再度为她带来幸运，她本能地相信对面的那个老男人。

在《花样的年华》之后，老男人始终沉默不语。那一刻巾帼无端地紧张起来，不知他的缄默是因为喜欢还是不喜欢。总之巾帼的歌声一落，便立刻陷入了死一般的寂静。那长长的几乎令人窒息的沉默，让巾帼觉得她可能又一次被抛弃了。

老男人慢慢站起来，深深向巾帼鞠躬。他将他的身体折成九十度角，至少延续了十秒钟以上。然后他近乎虔诚地看着巾帼，那目光就像孩子。他说，您不是上海人？哪怕上海郊区？您是怎么喜欢上周璇的？您也听说过明月歌剧社？老男人这样问着的时候，仿佛思绪已经游离。那早已逝去的沧桑岁月，那花样的年华。他最后满怀悲伤地说，周璇，她就像一支哀婉而凄楚的歌……

然后老男人精神一振，Anyway，好吧，我们现在就签合同。他拿出一份用工合同的文本，然后目光慈爱地看着巾帼。他虽然没有评价巾帼的歌声，但签约就意味了他的首肯。然后他再度变得严肃而矜持。他转头时是和身体一道转的，所以很绅士。巾帼觉得在现实中，她还从未见到过这种男人。但是在银幕上，《简爱》中的罗切斯特，还有，霍普金斯扮演的那个优雅的管家。

很好。老男人满怀欣赏地说很好。然后他略微低下头，以示对巾帼的欢迎。您看到了，这是家日式风格的餐馆，有地道的日本饭，所以很多人慕名而来。来这里的客人大多低调，他们通常不在乎高昂的价格。无疑您与众不同的歌声能满足客人，但毕竟这里是日式餐厅，所以希望您能学唱几首日本歌曲，并学会弹奏三味线。他说着拿出一个类似三弦的乐器，说这种乐器其实是从中国传到日本去的，只是名称不同罢了。如果再有时间，您不妨涉猎一些有关"茶道"、"插花"之类的知识。我的要求是不是太多了？但哪怕您略知一二，就能为客人带来宁静娴雅的氛围，并能够陶冶您自身的性情。

老男人说过之后看着巾帼。他知道这对于巾帼来说不是难题。

巾帼说，她既然能唱《花样的年华》，也能唱《樱花》。而茶道、花道、礼仪一类，之于她可谓求之不得。对领班提出的要求，她努力去做是毫无疑问的，只是对自己能否真正做好她还没有把握。

但无论如何，对巾帼来说最最重要的，是她终于保住了海边租住的那套公寓。在被"武町之恋风"收留之前，巾帼甚至想在过街天桥上唱歌。她没有名气，不怕丢脸，只要能维持最低的生活水平。她所以坚持"三十年代"，纯粹是为了对周璇的弘扬。然而当她连自己都养活不了的时候，还有什么艺术追求可言。总之她什么样的境况都想到了，甚至，青娥的红楼。但最终上天垂怜于她，没有让这个城市的污泥浊水将她淹没。

十三

　　巾帼再度将她上班前的所有时间都消耗在了语文书店。她突然出现在这家书店时，连自己都觉得不好意思，甚至愧疚。她知道只要到此就是来麻烦那个男孩的，而她却始终不知道他的名字。于是她第一次认真地问，告诉我，你的名字。

　　名字有那么重要吗？

　　一旦，有一天，我找不到这家书店了。

　　男孩指指牌匾，那就是我的名字。

　　你叫语文书店？这是名字吗？

　　我姓宇文，叫书店。谐音。好记。

　　宇文，很好听的姓氏，我记住了。不会忘。

　　然后她说起"武町之恋风"。说起《北国之春》、《拉网小调》和《草帽歌》。她说她无论学唱多么繁复的歌曲都无所畏惧。她说她很快就能将那些曲调刻印在脑海中。只是，她不知该到哪儿去寻找那些光碟。然后她有点自责地看着对面的宇文，说，每一次，来你这里，我都会觉得自己很功利。我们是朋友，对吧？你不会在乎我总是在需要你的时候才到这里来吧。不过，这一次，你千万不要无偿地帮助我，所有的资料，我都会付费的……

不过是几张歌碟，几本翻译的日本书，我会找到的。然后宇文就没话了。

巾帼尽量让自己更多地待在语文书店。其实她完全可以回家练唱，而不是像原先那样每天待在书店，跟着宇文那架破旧的录音机周而复始。她只是觉得能待在这里，是对宇文的某种报答。这至少说明她尽管出道了，却没有忘记这条街上的语文书店。在这里，她始终能感受到友情的温暖，始终能看到希望的所在。

很快，宇文为巾帼找到了所有她需要的东西。歌碟、书籍、绘画以至照片，甚至小说。他说，你应该看《伊豆的舞女》和《雪国》，那是川端康成的绝唱。

巾帼怔怔地看着宇文，眼泪慢慢地流下来。你干吗总是对我这么好？让我觉得自己不仁不义。

宇文没有回答，走出门外。好一会儿才从三轮车上卸下来一个崭新的录音机。他将《樱花》的歌碟放进去。待歌声响起，又不见了宇文的身影。

从不断环绕的《花样的年华》，到高亢而苍凉的《草帽歌》，小街上来来往往的居民开始惶惑，不知道那个总是沉默寡言的小老板，为什么要开这样一家不赚钱的店，像摆设一样消磨他的青春。更不知那个时而来时而不来的女孩和书店老板到底是什么关系。有时她每天都来，从清晨到傍晚。有时一走就是好几个月，不见她一丝踪影。男孩一如既往地经营着书店，对女孩的行踪似乎并不在意。如此来来去去，人们对他们的关系充满好奇，不知道最终会谱写出怎样的故事。

十四

她不是不惦记青娥的安危，也不是惧怕青娥的病状。她只在青娥即将转院的那天去看望过，而那时青娥已经在医院的走廊上躺了很多天。

是的她一直没有去探望青娥，即或在不远处的语文书店读川端康成《伊豆的舞女》。但她的心里是惦记青娥的。所以姗姗来迟是因为，青娥在电话中反复叮嘱她，说不久她就会出院了。

远远地，她看到青娥就躺在人来人往的走廊上。她带着氧气和呼吸机。她那时已然病入膏肓，但笑起来的样子依旧很豪放。她就那样被丢在肮脏的被人遗忘的角落，直到她终于被检验出艾滋病。

其实青娥从一开始就知道她的病，也知道她的生命已无药可救。但她就是不向医生提供她的病情，更不会提及那个死于艾滋病的包工头。她说，我就是有一种报复心理，要看看这些庸医到底需要多少天，才能查出我的艾滋病。反正我有的是时间和他们周旋。反正我无牵无挂，就等着死了。

那时的青娥已危在旦夕，只能靠营养液维持脆弱的生命。她的身体也一天天消瘦，慢慢地变得形容枯槁。其实青娥并不缺钱，她说都是那个坠楼的死鬼留给我的。他要我医治他传染给我的病。他明明知道这种病医不好，所以我干吗要浪费这笔钱。

青娥从内衣里摸出存单，说既然如此，我也不想耗太久。就算是有钱控制病情，我也觉得没意思。想想咱们，到底是走出小山村，见了大世面，所以也不枉人生一世了。当然，你比我强，有一副好嗓子。不过，我也不觉得比你差多少。我挣的钱是实实在在的，进出有规矩，也不用看人家脸色。当然，除非万不得已，你绝不能做这个。你那么漂亮，有文化，又有很高的心气，所以你做不来，只能去唱歌。

然后，青娥伸出她瘦骨嶙峋的手，这钱，你拿去。

不不，你辛辛苦苦……

哪有什么苦？苦早就变成乐了。给你。

不，你绝不可以放弃。

你拿着。不亲嘴、不做爱，就不会传染。反正我就你一个朋友了。

你爸爸……

巾帼，你别提我爸爸，今后也不许提。他不是人，是畜生。我妈就是被他活活气死的。他吃喝嫖赌，用的都是我的钱。若不是想赎回家里的房子，若不是小时候曾住在那里，若不是想看到田里的麦浪，若不是梦到早晚的炊烟，若不是想闻到我家灶膛的味道……

青娥执意让巾帼拿走存单，她说她确实什么都不需要了。但巾帼说，你还活着。你知道你还活着吗？你活着这些钱就能派上用场，你活着就能看到希望。

那以后，巾帼就再没有探望过青娥，匆忙中，只给她打过几个简短的电话。或者因青娥转院后的传染病医院路途遥远，或者以工作紧张为由，为自己开脱。但巾帼知道无论怎样的借口，都不足以构成不去探望青娥的理由。巾帼不知道自己是否因此而有了心理障碍，毕竟，艾滋病确乎是可怕的传染病。

后来知道，这是青娥打给巾帼的最后一个电话。听上去她的声音已十分微弱。但微弱中依旧信马由缰，仿佛她并不曾面临绝境。她说，他们说我错过了治疗的最佳时期，他们怎么不明白呢？我夜以继日地熬在这里，不是就为了求死吗？想不到生命力如此旺盛，连我都觉得不好意思。换了别人，不知道已经死过多少回了。不过你知道让我骄傲的是什么吗？就是自从生病，从头到尾都是我在控制自己的生命，决定自己的命运。

然后急促地喘息。青娥说，我可能活不了几天了。

那我立刻去看你……

谁说让你来？我怎么能让你看一具骷髅呢？我只想让你记住我好看时的样子，我还想，回家，像小时候那样，拾麦穗……

青娥……

最后青娥用微弱的声音说，可惜，再也听不到你的歌了……

十五

巾帼在语文书店的勤奋阅读，让她以最快的速度适应了"武町之恋风"。很快她就能演唱日本歌，包括幕府时代的那些老歌。她甚至能唱出当年艺伎的那种感觉，那是被菊花和茶道陶冶的性情。她觉得那种歌就像京剧中的程派，呜呜咽咽地，云遮月般，给人无限的遐思和冥想。她知道所以能如此之快地

148

进入角色，全仰仗宇文四处寻觅到的那些书籍。所以她唱出的不单单是曲调，而是唱出了那个时代的韵味。她的表演所以让客人耳目一新，是因为她再度选择了一条复古之路。这一选择绝不是刻意为之，而是宇文让她读了川端康成的小说。于是伊豆的舞女让她难以释怀，那单纯的女孩就像是一团透明的空气。她便把这种透明空气一般的感觉装进她的歌里，有一阵，她甚至觉得自己就是那个舞女。

巾帼静静地走进"武町之恋风"。在曲径通幽的回廊缓步行走。她听到不知从什么地方发出的流水声。这让她立刻想到了家乡的溪流。她迎面看到向她走来的老男人。他停下脚步，向巾帼深深鞠了一躬。老男人的举动总是让她惊诧不已，此生还从未接受过如此谦卑的礼仪，更想不到每每向她鞠躬致意的竟是自己的上司。

巾帼接过老男人给她的那套艺伎的服饰。虽然不是新的，却被精心熨烫过。那向后敞开的衣领华贵而庄重，她觉得仿佛回到了盛唐时代。老男人说，你并不需要经常穿这样的服装，只是在特殊需要的时候。我会提前通知你。

然后巾帼紧张地走向包间。这是她第一次出现在客人面前。她知道这里的客人和海岸餐馆的不同，于是更加诚惶诚恐。幸好有空谷回音般的淙淙流水，幸好有丛丛簇簇的箭竹随风摇曳。她不敢相信这是真的景象。在熏香缭绕中，她尽管没有穿歌女的服装，踏艺伎的木屐，但感觉上已然有了当时的风范。

从此巾帼昼伏夜出，出入于这座豪华气派的写字楼。尽管保安都知道她们是什么人，但她还是不遗余力地做出了不是那种人的样子。她的工作从晚上八点开始，凌晨三四点离开。这里所有员工均由老男人直接管理，他知道什么样的客人要配送什么样的歌女。

最初，老男人总是把比较温和的包间交给巾帼，大概是为了体恤她的初来乍到。伴随着巾帼渐渐进入状态，她很快就成了歌女中的佼佼者。无论举手投足，还是应酬交际，都获得了客人们一致的首肯。尤其她的歌声离恨别愁，另有一番滋味，有时候唱得客人眼泪汪汪。伴随着她慢慢学会三味线的演奏，就更是人见人爱，以至于熟悉的客人一到，便立刻点名巾帼作陪。

巾帼在"武町之恋风"可谓如鱼得水，加之老男人对她的格外欣赏，很快巾帼就成了这里收受小费最多的歌女，甚至有客人专门为她订制了一套当年艺伎穿戴的华美服饰。

巾帼的温文尔雅，气质高洁，让客人们不仅对她心生怜爱，亦由衷地崇敬。所以大凡巾帼出现，他们就不敢乱说乱动。无论遇到怎样的迷乱，她都能从容不迫地，将那些想入非非的醉酒男人带进温良恭俭让的境界。于是，纵然那些男人胸中有千翻涌动，但是在巾帼所营造出来的静谧而高尚的氛围中，他们也只能偃旗息鼓，不再造次。

当然，巾帼也不是没有遇到过那种企图动手动脚的客人。但是她从来不会和他们正面冲突，而是以一种凛然之气坚守住自己的底线，在亲切中表现出那委婉而冷漠的距离感。她抵御他们的方式从来都是和风细雨。她告诉他们，在幕府时代，艺伎和客人之间的关系一向都是纯洁的，所以我才会崇尚这份职业。她说她就像江户时代的艺伎，卖艺而不卖身，恪尽我们的操守。她说她希望她的客人能尊重并理解她，进而成全她近乎消失殆尽的尊严。

十六

当巾帼乘上前往郊外的地铁，她知道那是一个遥远的所在。又一次，她在无所遵循中踏上一条陌生的路。她记得第一次也是乘坐地铁，为了投奔青娥。那时候青娥给了她极为详细的地址。尽管要穿过肮脏的陋巷，但到底有青娥的红楼在远远召唤，让她在无望的时刻看到了希望。但此刻走出地铁后她却一脸茫然，不知道怎样才能抵达那个悲哀的所在。

这时的地铁站外停满了出租车，却没有任何公共交通能抵达她要去的地方。于是她只能选择出租车，对司机说出那家新建的传染病医院。但仿佛巾帼自己就是可疑的传染病患者，于是司机们纷纷拒载，唯恐避之不及。

但巾帼最终还是说动了一个出租司机。她说她没有病，她保证。她只是去看望一位生病的老乡。她必须见她最后一面，她就要死了。她这样说着眼睛里甚至闪出泪花。她又说在她最最困难的时候，是那位老乡慷慨地收留了她。她不能不看到她，就让她孤单地死去。她这样说着不禁泪流满面。但司机的感动仍旧不足以将她送到目的地，巾帼只好说她是歌手，她不在乎钱，她真的不在乎钱。

司机终于同意以双倍的价钱前往那家医院。尽管他不停地说着那里有多远，有多危险，谁都不愿意去。但最终他还是让巾帼坐进了出租车，但又提出，他只能把巾帼放在离医院大门五百米的地方。巾帼除了感谢，唯有点头。

她不知司机是否会绕道行驶，亦不知青娥的传染病医院到底有多远。她只能任凭司机将她带走，她觉得自己还从未像现在这样置于别人的掌控中。一路上，慢慢地人烟稀少，杂草丛生，满目荒凉。巾帼不由得紧张起来，不停地问，到底还有多远？您确实来过这里吗？您走的路对吗？

司机觉出巾帼的恐惧，安慰她，不远了。

不远了？怎么还到处是荒草水塘，这到底是什么地方？

你能指望这种医院建在什么地方呢？司机反唇相讥。所以没有人愿意拉这种活儿，也就是我。巾帼不再说话。后来司机又说，那年闹"非典"时才建了这家医院。听说现在这里的病人不是性病就是艾滋病，又脏，又危险，让人恶心，要不是看着你有情有义，怪可怜的……

当终于驶近那座传说中的医院，事实上并没有司机说的那么毛骨悚然。这里宁静而开阔，听不到人声鼎沸，也看不到车水马龙。远远耸立的那座崭新的建筑看上去就像是一座远离尘嚣的古堡。

司机远远地将巾帼放下，以巾帼的目测这里距离医院至少千米以上。但她不愿再纠缠这些，而是恳求司机能等她，把她送回到地铁站。她并且保证仍旧会出双倍的车钱，但这一次司机不再等她。说谁知道你老乡得的到底是什么病，要知道"艾滋病"可是会传染的。然后猛地一个急转弯，掀起一路烟尘，将巾帼远远抛在漫无边际的旷野中。

巾帼独自走向医院的大门，那一刻她自己也是惴惴不安。但只要想到给青娥唱歌，她就不再彷徨。她忘不了青娥在电话中说，可惜，我再也听不到你的歌了。

尽管她走进医院时心慌意乱，但温暖而整洁的探视大厅让她立刻释然。整个探视过程简单而宁静，她被带到一个会客室样的房间。紧接着医护人员搬出一些物品，其中竟包括一个简朴至极的骨灰盒。巾帼这才意识到她的探视何以如此简捷，是因为她已经无人可探了。

那一刻巾帼难以控制地抱头大哭。脑子里盘旋的只有欠青娥的歌。医护人员静静地站在一旁，不去打扰死者家属痛苦的悲号。

直到巾帼平息下来，女医生才开始缓缓述说青娥死亡的过程。她的语调平稳而流畅，一听便知已曾经沧海。她首先感谢巾帼能迅速赶来。她询问巾帼是否青娥的亲属，因很多在这里去世的病人至今无人认领。而您作为朋友为她料理后事，确实令我们十分感动。您的朋友自住进医院就拒绝治疗，她说她讨厌那些药物，她只想等死。她这种决心自然死亡的意念越来越强烈，而事实上她如果能积极配合治疗并不是没有希望。这里有很多比她的病情更重的病人都恢复良好，有的甚至回到了正常生活中。然而您的朋友却一味消极抵触，仿佛来这里不是为了活着，而是为了死去。她总是以"没钱"作挡箭牌，拒绝一切药物，哪怕那些最低廉的治疗。当然这也是她的选择，我们只能尊重。直到她离开，为她收拾遗物，我们才在她的口袋里找到这张三十万元的存单。这上面显然是您的名字，她为什么要把这笔钱留给您？当然这就不是我们应该弄清的问题了。我们只是需要复印一份您的身份证。这里的所有遗物您都可以带走，包括她的骨灰盒。只是要向医院缴纳一千元钱的丧葬费。

而这张存单，还需要经过银行系统核对后，才会交给您。总之我们要感谢您能及时前来。

当女医生把骨灰盒递过来，这个原本平静的女人竟然哽咽起来。她对巾帼说，你幸好没看到她最后的模样。她咽气时只剩下了一把骨头。她说反正是死，干吗要糟蹋我的钱呢？那可是我辛辛苦苦赚来的。她最后把她的首饰送给我，还把那些好看的衣物送给别的病人。她始终说说笑笑，所以大家都喜欢她。只要有一口气，她就是快乐的。甚至她停止呼吸的那一刻都在微笑，那时候我就站在她身边……

十七

这是巾帼自出门打工后第一次回到家乡。但她却没有告知父母，更不曾回到自己的家。她不知在这样的心境下，该如何面对父母以及备战高考的小弟。是的，她按月给他们寄钱，从未亏欠过。是的，她想念他们，只是，在这样的时刻，她不想见到任何人。于是她只能住在镇上的小旅馆，在第二天清晨赶赴那片广袤的麦地。

她看到麦浪随风而舞，不禁激情满怀。但心里却酸酸的，恨不能号啕大哭。她知道麦收已近，那金色的麦穗，饱满的颗粒。她仿佛看到青娥在麦垄间奔跑，听到天宇间传来她的笑声。那一刻，她仿佛回到了小时候，回到青涩而迷人的烂漫中。她知道什么是真正意义上的金色童年，那是城里人享受不到的田野气息。但是，她也从宇文的书店里读到了梵高，读到了他认识世界的方式，以及，怎样在金色麦田里枪杀了自己。她记得有人在黄昏的时候追逐最后一抹金黄，她也曾经历过美好的梦想怎样在污秽中变得破灭。然而，这一刻，她终于回到金色麦田，回到她和青娥长大的地方，回到她们初始的家园。

她紧紧抱着青娥的骨灰盒。她在麦田中不停地向前走。她问青娥，是否能听到麦穗发出海浪一般的滚滚涛声，是否能听到她走在金色田野中那"刷刷"的脚步声。她问青娥是否还记得，她用麦穗编织的那个金色花环，很多天一直戴在巾帼的头上，发出麦粒的清香。

她终于来到麦田的中央，将青娥的骨灰紧紧抱在胸前。然后她开始在麦田里放声歌唱，翻卷的麦浪像和声一般为她伴唱。每一个音符都是为着青娥的，为着她无尽的苦中作乐，为着她迷人的微笑，为着她，那仿佛太阳一般的明媚，为着她终于回到了魂牵梦绕的故乡。

然后，她旋转着，高声喊叫着，青娥，你听到了吗？

她开始抛洒青娥的骨灰。她抛得很高很远，那迷迷蒙蒙的，烟花一般地坠落在家乡的麦田中。那尘归尘，土归土，都是青娥的灵魂。

十八

返城后，巾帼再没有回到"武町之恋风"，也不再接老男人频频打来的电话。直到用完了电话中最后的一分钱，她便取缔了她的电话号码。想不到青娥的死会如此刺激她，即或将青娥的骨灰送回故乡也不能让她有所振奋。她觉得生命已失去意义，亦不知未来等待着她的会是什么。

于是她回到那凄迷的陋巷。她觉得这里才是她应该驻留的地方。这里曾有过青娥和红楼，有过小巷中凄迷的烟雨蒙蒙。所以哪怕这里肮脏龌龊，却有着令人怀念的温暖和亲情。

是的，她回到了这条狭窄的陋巷。几年过去，却没有哪怕一丝一毫的变化。外面的世界总是和这里无关，就像她永远不会改变的家乡。依旧浑浊的污水，恶臭的垃圾。依旧人来人往，呆滞犹疑的目光。但她就是想再回到这里，哪怕红楼里已没了她的青娥。

她终于看到了小巷尽头的红楼，只是外墙的色彩已变得斑驳。那么一抹一抹的，就像眼泪，仿佛是在为青娥哭泣。尽管红楼已破旧不堪，却仍旧是陋巷中最高大的建筑。看到红楼，就等于是找到了他们的家。

尽管红楼依旧，却还是有了些微的变化。原本空空落落的山墙前，竟停泊着几辆色彩艳丽的轿车。显然一些人是开着车来此寻欢作乐的，想必交易的数额也今非昔比。可惜青娥没有能赚到更多的钱。但说到底，从底层走来的人只能被困在底层。这时候，巾帼已看穿了眼前那堵密不透风的墙。是的，没有未来，也没有人能挣脱这永恒的宿命。

巾帼流连于这斜街陋巷。不知从什么地方飘来点点雨滴。于是她撑起雨伞，却没有《雨巷》的凄迷。而他们这种从乡下来的人，是不配享受这诗情画意的。但无论如何，她还是有了种久违的感觉。那一刻，她甚至觉得自己不再孤独。

她所以来此并不是为了凭吊，而是想见到始终在书店驻守的宇文。她怀念他们在一起时的那些美好时光，也知道自己一步步向上跨越的阶梯，都是宇文在做她的踏脚石。所以在濒临绝望的这一刻，她知道唯有宇文不会弃绝她。

然而巾帼在雨巷中来回地走，却始终找不到语文书店。她记得飘出《花样的年华》的那一刻，就是在这凄凄迷迷的小雨中。但是她就是看不到"语文书店"的招牌，她疑惑自己是不是走错了路？她跋涉在污泥浊水中就像无依的游魂。从地铁站到小巷的尽头，她不知来回走过了多少遍。她坚信宇文的书店

158

就在这条街上，而这条街始终保持着它固有的姿态。她不信语文书店转瞬之间就消失得无影无踪，她更不会相信宇文不说一声，就离开了她。

是的，她为宇文而来，因她的生活中只剩下宇文了。她喜欢宇文的淡泊如水，从不把功利视为生命的必须。她觉得宇文才是她真正喜欢的人，只是在过去的交往中从不曾在意。为此她固执地在雨巷中走，哪怕踏破铁鞋也要找到他。她沿着一家家门面不厌其烦地打听着，直到最终有人指着一家杂货铺说，就在那儿。

将"语文书店"盘下来的是个中年人。他狡黠地看着巾帼，说进来坐坐。巾帼以为他知道宇文的下落，但那男人东拉西扯，最后说，他是通过朋友盘下来的。他其实并不认识原先的店主。

就是说，您也不知道他去了哪儿？

我若是知道，怎么可能不告诉你？

那您的朋友知道吗？

那就不好说了，不过，你和他到底是什么关系？

巾帼终于知道无论她怎样寻找，都再也找不到宇文和他的书店了。她原以为在这座陌生的城市里，无论她怎样表演着自己的人生，宇文都会在这凄迷的雨巷等着她。然而青娥走了，宇文也走了。明明，他们都知道她迟早会回来。但他们就是走了，将她独自留下。那从未有过的孤单和惆怅。

如果连宇文都从她的世界消失，那么她还有什么可留恋的。于是她烧掉了所有所谓励志的书籍，尤其是那些五彩缤纷的明星传记。她觉得写那种书的人都居心叵测，像骗子一样只为了赚钱。是他们残忍地误导了她的人生，让她在物欲横流中无从分辨。尤其对她们这些来自底层的人，任何的激励都是谎言。所以那些书就像毒药，在灵魂上诱骗她，欺诈她，进而折磨她。是它们让她抱有幻想，以为天下美好，未来似锦云霞。所以她仇恨这些虚伪的作家，甚至不能原谅消失的宇文。如果他真的相信生活会美好，未来会灿烂，又怎么可能抽身就走，留下她独自彷徨？

她不知该怎样走出这条狭窄的陋巷，亦不知她为什么会突然停下来。她回望，那迷蒙中的悲伤与无奈。她彷徨，不知这是否就是最后的诀别。尽管，她只在这片营地作过短暂的停留。

她最终孑然而去，雨依旧潇潇地下。慢慢地，风，裹挟着铺天盖地的暴雨迎面扑来。轻飘的雨伞已经遮挡不住那肆虐的风雨。她这才恍惚想起，今晚，会有台风登陆。

走在越来越猛烈的暴风雨中，她想回家，却蓦地想到海边去体验那场惊涛骇浪的风暴。她听说台风来袭时，海上会掀起狂风巨浪，但她还从未看到过那惊天动地的场面。

她不记得自己有多久没去海边了。大概自从被"五层楼"解雇，就再没有回过那片伤心之地。当然，她早已超越了在餐馆驻唱的那个青涩阶段。也不曾想到，转过身来，就成了"武町之恋风"最红的歌星。她所矜持出来的那幕府时代的别致，让人们根本就想象不出她来自遥远而贫困的乡村。那时候，她已经能游刃有余地让自己做出非凡的姿态，甚至保有了一个歌手最崇高的尊严。但是，怎么会突然就心灰意冷了呢？仅仅是因为麦田中抛洒的那些骨灰？不，不能这样。

十九

　　她不知道自己是怎么挤进地铁的，却记得走过那座耸入云端的高楼时，竟然看到了对面的自己。于是她停在那巨大的玻璃幕墙前，她还从来没有在这种公共的镜子前审视过自己。她莫名地认定这镜子是公平的，因此相信在镜中看到的影像是真实的。她不仅看到镜中惶惶的自己，还看到身后那些步履匆匆的路人。他们一个个煞有介事地奔赴他们的生活，却不知玻璃幕墙中反射出来的，竟是连蚂蚁都不如的微不足道。人们彼此间引不起他人的关注，大家都只是芸芸众生中一粒微小的尘埃。所以无论你怎样挣扎，又怎么沉沦，都不会唤起他人的关切与同情，自然没有人会在乎你的人生。

　　那一刻正值下班高峰。地铁就像一个密不透风的棺材。没有人真正知道他们将被带向何方，于是只能在呼啸声中紧紧抓紧生命的扶手。这里是人与人挨得最紧密，也是心与心离得最遥远的地方。难闻的气味，汗湿的身体，那所有的，拼命抵挡被男人紧贴的女人……

巾帼以最大的耐性承受这煎熬一般的拥挤。她觉得自己所有的精力都用在了躲闪身边那些男人上。她不知这些男人是出于无奈，还是趁火打劫。那一刻她最强烈的愿望是，让男女分乘不同的车厢。

当然，没有人会支持巾帼的意愿。连曾经的美国黑人、白人都能共坐同一辆公交车，今天，还有什么理由制造性别的不平等。但巾帼最终还是忍无可忍，在地铁车门即将关闭的那一刻，她不顾一切地跳了出去。是的，她再不想继续承受这座城市所赋予她的苦难了。

她走出地铁时才发现，她丢了她的伞。她不想丢掉那把伞，因为它承载过小巷的细雨霏霏。当然，她可以在繁华的地铁站再买一把伞。这对于她这种艺人来说算不了什么。但是她看来看去，最终没有能找到自己喜爱的。

然后她匆匆走出地铁站。想不到暴风雨已肆行无忌。她最终错过了那个叫卖雨伞的小贩，在大雨滂沱中，再没有任何东西能为她遮挡。她于是走进暴风雨。困兽犹斗般艰辛前行。她不曾退缩是因为，她蓦地记起父亲曾许多次为她朗诵的《暴风雨》。尽管她已经不记得那些澎湃的诗句，但海鸥在海浪中盘旋的意象却让她始终不忘。让暴风雨来得更猛烈些吧。她终于感觉到奔腾的海岸已离她越来越近，仿佛已经看到了大海卷起的巨浪。这是她第一次感受到台风的力量。这恢宏的景象不仅不令她惊惶恐惧，反而带给了她一种从未有过的兴奋。

她所以在这座城市里待了这么久，或者就为了等候这场多年不遇的飓风。她想知道大海到底能掀起多高的浪潮；而海浪，又能拍击出怎样气势如虹的响声。她觉得暴风雨正在荡涤她往日的悲伤，让她在狂风巨浪中接受洗礼。她于是变得勇敢而坚强，凝望海上的惊涛骇浪。她觉得那磅礴的呼啸就像虹吸，从高潮流向最深沉的谷底。在如此壮观的景象面前，她甚至觉得，一个生命，哪怕被汹涌而来的巨浪卷走，也是值得的。

二十

雨水中跋涉的巾帼有点漫不经心，更不曾在意身边那些飞快行驶的车辆。她甚至不在意汽车溅起的强劲水花，像海浪一样将她淹没。然而当水花落下，她又会顽强地显现出来，继续走在她梦幻一般的路途上。是的，疯狂倾泻的雨水让道路一片汪洋。她看不到自己此时此刻身在何方。她对往来行驶的汽车也没有了判断力。然后就听到一辆风驰电掣的汽车飞快驶过，紧接着"咚"的一声巨响，好像有什么物体被瞬间弹射出去，垂直升空。然后那物体缓缓落下，蝉翼般柔软的衣裙就像飞舞的蝴蝶。就那样在傍晚的暴雨中随风轻扬，然后沉沉坠地，不再有任何声息。

唯独的这一次，她用自己的身体溅起高傲的水花。那水花缓缓升起，水滴在空中绚丽飞舞，像一道惨烈的彩虹，照亮迷蒙的瞬间。伴随着身体的坠落，水花也慢慢落下。就像落下的帷幕，不再有掌声，也不再有悲鸣。积水立刻淹没了这个无声的女人，而那辆逃窜般的汽车，竟然也瞬间没了踪影。

没有人知道这个被撞死的女孩到底是谁。尽管，她已经拥有了强大的内心。尽管，在濒死的那一刻，她已化身为海鸥。

一切如此寂静

一

一个叫比约克的女孩唱了这样一首歌。很诗意的名字:《一切如此寂静》。以为女孩也很诗意,但在 MTV 上,比约克看上去却仿佛只有十岁。她让人立刻就想起了林格伦的"长袜子皮皮"。是的比约克就是那歌中的皮皮。她一边唱一边兴奋地翻着跟斗,一边翻着跟斗又一边疯狂地唱道:啊,一切如此寂静。

然后又一个女孩说,小说的开头应当这样写:一个男人在路上遇到一个女人,他觉得他在十六年前见到过她……

于是,循着两个女孩的指点,小说就真的开始了。

多么美妙,似曾相识,仿佛在梦中。而现实是,当一个男人对那个女人真的说了我好像在什么地方见到过你,就等于是那个男人对女人说,你看,我真的喜欢你。这是种关于爱的可能性的暗示。是寓言式的,适应于所有的男人和女人。也是种只需要一点点聪明和狡猾就能够编织出来的骗局。问题是,当乔走进"午夜时装有限公司"的总裁办公室时,他真的觉得见过那个女人。他并且立刻启动思维,搜寻记忆,希望能以最快的速度发现那个女人,她是谁?而他们又曾在哪里相遇过?

但是女人就好像参透了乔的心,她立刻说这是男人们惯用的技巧,算了吧,我们还是来谈这份合同,这对我来说才是最重要的。

乔于是觉得这个女人不可思议,因为通常还没有女人肯揭穿乔的骗局。

乔是以他对女装的极高品位和他极富想象力的设计来应聘这家公司的首席设计师的。乔坚信他是最好的,并且坚信他将改变"午夜"并在不久的将来成为"午夜"的主宰。尽管"午夜"在某种意义上已经功成名就,但乔就是怀着这样一种救世主的信念走进总裁办公室的。他推开那扇很沉重的大门,看到的却是一处四壁空空的房子。那一刻他真以为是自己走错了房间,他恍惚犹豫,直到他听见一个低沉的女人的声音在说,你没有错,进来吧。他才在那间房子的角落里,看到了那个坐在一把黑椅子上的女人。黑椅子是那个房间中唯一的家具。乔惊异于总裁办公室空旷的装饰,但更让他没有想到的是,"午夜"的总裁竟是一个女人,而且是一个非常平常的女人。她的独特之处恐怕只有那略带沙哑的低沉的嗓音了,好像还有一点磁性。

有时候事情就是和你想象得不一样。女人说。

于是乔便脱口而出，这样的招聘场面未免太做作了吧。

女人这才站起来。看着乔。她的目光不躲闪也不回避。她并且一点也不激愤，而是非常平静地对乔说，这不关你的事。如果你不想来"午夜"的话，你完全可以立即就离开。

这时候乔才开始细心打量这个女人。这个他早就听说过的、据说非常了不起的女人。但他还是觉得这个女人太平常了。没有任何能吸引他的地方，然后他就说了他的唯一的印象，我好像在什么地方见到过你。

女人便也反唇相讥。她说这些话还是留给别的姑娘吧。我叫冯戈。我创造了"午夜"。"午夜"现在名扬天下。"午夜"要发展，所以我需要更新的理念和技术、创造性和想象力、前卫的姿态、艺术和力量，也许还要一点男性的色彩。怎么样，有兴趣吗？让我们来看看你的作品。

于是，乔就把他用了几天几夜专门为"午夜"设计的那些图样拿出来，因为没有桌子，乔便只能把它们摆满一地。接下来便是长时间的沉默。冯戈在地板上的各种图样前走来走去。她横看竖看。有时会用脚把那些图样摆正，有时又会将那些她不感兴趣的不屑地踢到一边。她不愿弯下腰。这无疑狠狠地激怒了乔。他认为这是对他最大的轻蔑和侮辱。后来乔终于忍无可忍，他就对着那个依然在蹂躏着他的劳动成果的女人大叫了起来，他说，你要是再如此轻慢地对待我的作品，我就……

但是冯戈根本就不理乔。她继续依然故我地看着那些图样。直到乔的叫声太歇斯底里，甚至乔真的就要跳过来动武时，她才扭转身面对着乔。她显得很威严，威严而冷漠。她竟然异常温和地问着乔，记不记得"午夜"是要给你五十万年薪的，而且还不在乎你自己正在经营的那家广告公司。你如果真的不想在"午夜"做，走好了。"午夜"不愁找不到一个像样的设计师。

接下来乔尽管依然在喊叫，但是那叫声的疯狂程度显然减弱了许多。也许是年薪五十万的诱惑要比一个男人的尊严重要得多吧。后来他干脆听之任了冯戈的羞辱，把双手插在口袋里，站得远远地看着冯戈是在怎样践踏着他的艺术和灵魂。他想他反正也没有什么值得尊贵的，特别是在金钱的面前，一个男人的尊严又算什么呢？尊严可以当饭吃吗？何况他又想生活得更好。

这样很久。冯戈显得很认真。当然她也就不再对乔的作品那么随便了。他们似乎都在调整着他们各自的态度。这样很久，之后，冯戈说，收起你的杰作吧。然后退回到她的那把黑色的椅子上，看着乔蹲在地上一张一张地把他的那些图纸收起来。

再然后，他们对峙着。冯戈看着乔。一直看着。看着他的脸颊、眼睛和身体。那充满诱惑的目光被乔感知着。她这样看了乔很久之后，最后才说，告诉我，你是不是有同性恋的倾向？

乔勃然大怒。这样的问话显然是对乔更大的侮辱。他想反击，却又突然兴味索然，因为他还从没有听人这样质问过他，他甚至一时找不出反驳的话。乔只能想去他妈的五十万吧，老子不伺候了。于是他转身就开始朝外走，他已经抓住那个金属的门把手，冯戈却赫然抢在了他前面，用她的身体挡住了身后的那扇门。

她说你如果真的想来这里做，就必须努力适应"午夜"的方式。你可能以为我又是在羞辱你，但是不对。你可能并不真正了解时装界。你难道听不出来这是一种恭维吗？想想伊夫·圣罗朗还有范思哲那些大师吧，他们又哪个不是同性恋，否则他们怎么会对女人的服装感兴趣呢？但是我请你来"午夜"，并不是要你在女装的女性立场上继续向深处走。我希望"午夜"的时装风格能够越来越模糊，越来越没有性别的界限和特征。模糊才是真正的时尚。难道你不觉得这个时代已经变得很模糊了吗？男女角色正在不断地调整和换位。可是你看看你的这些设计，是不是太追求性感的东西了？这是"午夜"所不愿提倡的。看这些象征着性或是表现着诱惑的黑色吊带，这些能将女人的性器官完全暴露的透明面料，还有你所特别追求的这些女人的曲线，你以为今天的女性还是在依靠这些来生存吗？不，太陈旧了。你难道感受不到时代的脉搏吗？

乔看着冯戈。他对冯戈的指责尽管不以为然，但还是不得不承认冯戈是一个厉害的女人，而"午夜"之成为品牌也不是没有道理的。

那么好吧，我告辞。乔这样说着。因为他似乎已经预感到"午夜"对他来说是凶多吉少了。

你请便。冯戈说。但这就是"午夜"的风格和宗旨，是不能变的，这也是我的风格和宗旨。所以，在这个意义上，乔我问你，你愿意和"午夜"签约吗？

乔问，是开玩笑吗？

在隔壁的办公室里，有人会向你出示所有的文件。最后签不签约当然是你的自由。但是另外我还要提醒你，"午夜"的员工大多是女人，我希望你能尊重她们，也就是尊重"午夜"。

"午夜"不就是你吗？我明白了。好吧，我去签约，决定卖给你。

那么就欢迎你，因为从此你就是"午夜"的主人了。你可以为自己购买股份。

真的吗？但我没有奢望，我不过是给你打工的。不过我还是要冒昧地问一句，你哪儿来的这么强烈的统治欲？

这是我个人的问题，和你和"午夜"都没关系。今天就到这儿。希望我们未来能共事愉快。

二

从此，乔便开始以年薪五十万的姿态为"午夜"设计下一个季节的女装。当然乔在开始工作之前，首先思考了冯戈提出的那个关于同性恋的问题。他反复地问着自己，你是不是真有同性恋倾向？如果没有，当然很好，但可能就不会成为范思哲那样的大师了；但如果有幸有了那种"同志"的倾向，那么他在这一对同性恋中，所扮演的又是哪一半角色呢？是的，他为什么总是对女装感兴趣？为什么一设计女装就兴奋？甚至他的衣橱里，还专门存放着几套他认为非常棒的女时装。这些究竟是为什么？难道说迷恋于设计女装的男人就一定会是同性恋者吗？太荒唐了。所以让那个冯戈的谬论见鬼去吧。他绝不是喜欢摆弄女人衣服的那种变态狂。他认为那是艺术。他是为艺术而迷恋于设计女装的，这和同性恋毫不相干。何况他如此健壮高大仪表堂堂，怎么会像个"女人"呢？

"午夜"的空气令人窒息。这是乔在踏进"午夜"大门的第一刻就强烈感觉到的。这里的思维古怪，人也是神经兮兮的。他觉得做服装的人有点另类是可以理解的，却没有想到这里怪异得如此不可思议。

乔当然不用每天来公司上班。这里早就实行了弹性工作制，这倒是很令乔满意的。但乔还是要常来，特别是在刚开始工作的时候，因为他要把设计出来的样子拿给冯戈看。他原来以为他要经常见到这个让他讨厌的女人，但是自从上一次见到她后，乔竟然就再也没有见到过她。这个女人去了哪儿？她好像突然从这个世界上消失了一样，从此无影无踪。问起来，便总是冯总不在。冯总今天没有来。冯总现在谁也不见……

他妈的，那么她要我们来干吗？乔立刻就把他设计的图纸随手朝天花板扔了出去，让它们如天女散花般洒落得满设计室全是。然后他也不捡。他只是坐在那里，把两条长腿伸到桌子上，说就这样等着冯总来接见。其实乔愤怒是因为乔的工作很努力。一个星期以来，他已经画出了近百张草图，等着听冯戈的评语。但不幸的是，乔竟然被一个已经年过半百的男人领导着。据说这个男人是这个公司的首席执行官，他说一不二，是冯戈的全权代言人，公司里的人都叫他雄哥。

雄哥是谁？乔不屑地问。

这时候便有一股很强烈的，当然也是很好牌子的男用香水味道飘了进来，然后那个雄哥就走了进来。一个过早谢顶的假装风流倜傥的男人。很瘦。挺拔。西装革履。城府很深的样子，还不苟言笑。就是他很谦卑地把乔的图纸一张不落地从地上全部捡了起来。然后用同样谦卑的语调对乔说，看过之后，我会把它们尽快交给冯总的。

你说什么？乔有一种非常不舒服的感觉。对着这样的一个男人，他愤怒也不是，发火也不行，因为雄太彬彬有礼了，好像他并不在乎乔的傲慢。

对于雄骨子里的居高临下，乔愈加气愤，说别动，把我的那些图放在那儿。为什么非要通过你呢？

然后雄看也不看乔，而是一字一句且是字正腔圆地说，在公司里，谁也不可能想见冯总就能见冯总。

可是你看得懂我的图纸吗？乔已经非常不耐烦了。

雄却平静地说，您来之前，一直是我在打理"午夜"，也是我为"午夜"挣下了亿万资产。这一点冯总很清楚。

乔有一种吃了苍蝇的感觉。他不知道冯戈为什么要用这样的男人。

这种既见不到冯戈，又要被雄管辖的日子让乔苦不堪言。他甚至后悔和"午夜"签了约，他想他这是一失足成千古恨，五十万的诱惑力就这么大吗？本来冯戈就让他很痛苦了，想不到还有雄。

过了很久之后乔才慢慢接受了这种被管的现实。他设计的图纸也只能通过雄传递到冯戈的手中。然而一个多月过去了，他依然是既见不到这个装神弄鬼的女人，也听不到她对他设计的意见。直到有一天，他的所有图纸终于全被退回到他的办公室，并且雄冷酷地告诉他，全是废品。设计中没有一种是被冯总认可的，当然也就没有可能被送到车间去制作样品了。

乔勃然大怒。他终于看清"午夜"是不需要真正的艺术的。而让他更不能忍受的是，他在"午夜"的这个失败的消息，竟是由雄那个混蛋通知的。雄有什么资格？而且雄在通知他的时候，满是皱纹的脸上竟堆满了那种阴险而诡秘的笑。

乔说，他真的不明白，他妈的"午夜"是个什么地方！

于是雄不温不火地告诉他，"午夜"是一家年利润近千万的服装公司，产品行销海内外。是已经打入国际市场的知名品牌，有很高的声誉。如果努力，今后可能会做得更好。

乔无可奈何，牙齿咬得咯咯响。他说用不着你在这里说这些，我要辞职。我怎么会在这种地方浪费生命呢？

自便。雄说。在"午夜"来去自由，这是冯总一贯的方针。但是如果您还想再继续做下去的话，冯总就在隔壁的办公室里，她恰好这会儿想见您。

妈的这个女人。乔骂着。尽管他已经真的想离开这个地方了，他想他还是不妨见见这个神秘的，而且很可能也是很坏的女人。他要见她，要问个明白。当然还要让她赔偿他时间和艺术的损失。

乔是带着满腔怒火和满腹怨恨走进那间办公室的。他无法回忆起冯戈的姿态，他觉得他已经彻底忘记了这个女人的模样。

他只记得那是个古怪的女人，做作而且不近人情。他想没有男人会喜欢这样的女人的，除了雄，因为雄根本就不像个男人。

乔不敢想象他见到的这个漂亮的女人就是冯戈。眼前的这个女人和他上一次见到她时简直判若两人。而迷住他的，是一套灰绿色的华丽的长裙。领口很低，露着乳沟，怎样的一番贵妇景象，乔几乎不敢相信自己的眼睛。而他的怒火竟也不知不觉地悄然熄灭，这是他妈的怎么回事？乔觉得很沮丧。他甚至不再能破口大骂。真是他妈的。

冯戈就是穿着这样的一件长裙站在房间的中央等着乔的。她被墙角的灯光照射着，使她看上去很像在表演。很美。确实很美。她使乔再一次坚信了服装的魅力。美的服装甚至能掩盖女人的邪恶。艺术就是有这样的魔法。

冯戈就站在那里等着乔走进来。等着那扇沉重的、带有很坚实的弹簧的门在这个男人的身后慢慢关闭。他们就在那里以对角线的方式远远地对峙着。当然他们谁也不会走向谁。他们知道他们是彼此仇恨的。他们也不想因为一件美丽的裙子而化解掉他们之间已经形成的那种深刻的矛盾。他们对峙着。后来这成了他们之间的一种常态。永没有和解的可能，哪怕有时候他们谁也离不开谁。

就这样很久之后，冯戈开口。她用很低沉很沙哑甚至很男性化的声音问乔，听说你要走？是因为工资不够高吗？

177

　　我是不想陪着你们玩了。人一生很短，没有那么多时间浪费在"午夜"这种无聊的地方。

　　知道我为什么对你不满意吗？因为你的设计一点想法也没有。不伦不类，而且近乎平庸。平庸多可怕。你是做艺术的你应该知道，这样的东西太多了。就像巴黎那个平民出身的皮尔·卡丹，他的作品永远也进入不了欧洲那几大著名的时装发布会。就是因为他太平庸。那不是我的梦想，更不是我的追求。

　　那么你的追求是什么呢？就像你身上这套过时的时装？

　　它不是我的，是伊夫·圣洛朗的。圣洛朗的设计不会过时。他的服装永远是最好的。他的观念也将是永恒的。你也许永远也不会了解他。想听圣洛朗的故事吗？那是十几年前，我有幸看了他在北京美术馆的时装展。多么幸运。那是他的展览唯一的一次来中国。而我也是非常偶然地看到他的。灯光就像这个房间的灯光，就这样在幽暗中照射在那些模特的身上。真正的梦幻。我还从没那样被感动过。以后我就创建了"午夜"。那是我一生的追求。然后每一次出国，我都会找到圣洛朗的专卖店，在那里精心地为自己挑选一件他设计的服装。那才是真正的经典。你能懂吗？无论什么时间都不会过时。这就是我要对你说的，乔。我的意思是，要么古典，要么就非常非常的现代。我只是觉得你在理念上有些混乱，或者是还没有彻底想清楚。其实你的很多想法还是不错的，只是它们太零碎了，然后就造成了那种支离破碎的感觉。你没有像你保证的那样，让"午夜"真正令人耳目一新，这不能不让我失望，所以，对不起，你只能重来。

冯戈这样说着，便慢慢走近了乔。她说为什么不能借鉴你身上这件衣服的创意呢？它穿在你身上真是棒极了，让你看上去非常性感。这种高高竖起的领子，还有这种简洁的风格。冯戈说着，便伸出手去摸乔的衣领。乔躲闪着，冯戈不解地看着他，为什么？我们和衣服的关系，就等于是和恋人。看见好的衣服，就禁不住想去触摸。想知道面料的质地是怎样的，而设计的意图又是什么。这是很自然的。是一种职业的习惯。你不是这样吗？好了，不说这些。雄对你说了吗，我们现在需要秋装。需要那种秋天的色彩。你知道雄是怎么说的吗？他说服装永远是季节的奴隶。他说得真好。有时候他会突然冒出一些火花，说出这样的至理名言。

这就是你欣赏他的缘故？

是的，有时候雄是不可替代的。我信任他。我希望你们能好好配合，成为"午夜"的左膀右臂。

和他吗？大概我是做不到的。

其实雄是个很有品位的人。你可能还不了解他。人是需要慢慢品的。雄出身世家，从小见过大世面，所以他不像他这个年龄的那些人那样那么保守。所以我用他。而且他自己就是名士风流。

那就是你对男人的品位了，我不敢恭维。

不说雄了。我们走。

我们？去哪儿？

去看看秋天的色彩。有时候大自然会给我们意想不到的启示。乔，别走。我对你充满希望，否则，我怎么会每年拿出五十万来给你。我不是慈善家，更不想救济穷困潦倒的艺术家。我要你为我创造效益。那才是"午夜"所需要的。

也是你所需要的吧。可是我有那样的能力吗？

三

那是黄昏。在那片丛生的芦苇塘前，冯戈突然说她有点冷。然后她就要求乔，她说你过来抱抱我。

乔远远地站着没动。他问这也是"午夜"的一部分吗？

"午夜"是不能亵渎的。冯戈说你讲话不要太刻薄。

可是我也有我的尊严，不是被你雇来做工具的。

秋天应该是暖色调的，温暖中带着一点凋败，还有这种灰暗的金棕色。不那么明亮的。一切都显得沉着而忧伤。大自然已经给了我们最迷人的色彩，够了，只是我还想知道，一个男人在五十万面前还有尊严可言吗？

你真是个卑鄙的女人。

人有时候就是要卑鄙一点，否则你在商海中一天也不能活。

其实乔已经知道了在这样的时刻他该做什么，他只是不知道身边的这个女人所能够承受的究竟有多少。

他们面对的是一望无际的苇塘，也是一望无际的秋色。很浪漫的一种景象，但乔以为那并不是他们那种人所真正需要的，所以当他们置身其中，就多少显得有点可笑或是做作。他们是应该做点别的什么事情的，更实际的。远方是落日。身后则停着一辆黑色的奔驰轿车。冯戈的。在荒郊土道上，显得不伦不类。乔若即若离。他的感觉很奇妙。他觉得他既厌恶身边的这个让他说不出来是什么感觉的女人，又有一种强烈地想要亲近她、征服她的愿望。

冯戈说我一向做事果断。

乔说他知道迟早会发生的，只是没想到会这么快。

冯戈又说秋天本身就是一种色彩，你甚至不用改造，直接拿来用就是了。

乔已经不想听冯戈在说些什么。因为他已经在冯戈的暗示下，慢慢地开始接近她了。他想这可能是这个傍晚他必须做的，他已经在劫难逃，他只能随风而去。乔是在靠近冯戈的时候闻到她身上发出的那种淡淡的香味。那是种清香。或是某种植物的味道。尽管若有似无，但乔还是闻到了。闻到了他便很亢奋。他觉得那是从那个女人的下部缓缓升腾起来的并萦绕于她的味道。那味道就仿佛毒品，立刻就吸引了乔，让他陶醉和亢奋。乔听之任之。他认为所有身处如此困境的男人，都将难逃这宿命一般的厄运。

然后乔就猛然抱住了冯戈。像这个女人预期的那样。他抱住她就开始疯狂地亲吻她，他说你要的不就是这些吗？我给你。我可以满足你。

冯戈便也在亲吻的喘息中反唇相讥，她说也许唯有如此，才能证明你是个真正的男人。

然后乔就更猛烈地证明他自己。他表现得就像是野兽，甚至禽兽不如。

当然冯戈就不得不开始挣扎，她说你弄疼我了。我只是要你抱紧我，不是让你来攻击我。

不是都一样吗？乔很流氓地说，这不就是你要的节奏吗？和时代同步。你这样的女人是可以立刻和任何男人甚至陌生的男人上床的。何况你还总是很忙，不能给这种事太多的时间和感情。你只是真正需要的时候，才会招徕我这样的男人为你服务。

这种务实的态度有什么不好吗？冯戈一边说着一边去解乔的纽扣。她喘息着。身体也不由自主地扭动着。她说乔，抱紧我。我要你。我不管你说什么。我就是要抓紧享受所有的瞬间。来吧，快一点，这一刻我是你的了，你不愿意免费享受女人吗？

但是乔还是突然间停了下来。他就那样让被他燃烧的冯戈悬在了激情的半空中。那张扭曲的脸。那渴望的湿漉漉的嘴唇。乔温柔地捧着她的脸轻声对她说，这一刻你也必须承认，你已经不是我的老板，而是我的猎物。

我怎么会成为你的奴隶？不，永远不会。冯戈使劲推开了乔。她甚至已经决定放弃这次秋天的浪漫了。她说你以为在这样的时刻你就能控制我吗？我不会屈服的。我可以不做爱。你走吧，你这样的男人不会找不到的。

但是你别动，你现在就在我的臂腕中。无论你怎样挣扎也没用。力量在我这边，我是个男人。其实我的要求并不高，回答我，这一刻我是不是你的主宰？然后乔就更紧地抱住了冯戈，他的吻让这个渴望着吻的女人几乎窒息，让她在他的怀抱中失去了反抗的能力，以至于最终顺从地瘫软在乔的身上，任他在她的身上疯狂地抚摸。接下来乔便开始奋力撕扯着那件价值不菲的圣洛朗。他真的撕破了那条长裙，并且骂着，去他妈的圣洛朗吧。他不知道冯戈是不是每次欲望到来的时刻都会损失掉这样一件昂贵的服装。太可惜了。但是乔决不手软，他觉得那是在帮助他出一口心中的闷气。他不仅要撕破圣洛朗，他还要毁掉这个用圣洛朗标榜自己的女人。

　　冯戈转瞬之间就在乔的面前赤身裸体。她的身上一丝不挂，在那件优雅的长裙里面，竟然既没有乳罩也没有丝袜，甚至连短裤也没有。乔很惊讶，他不禁脱口而出，这也是"午夜"的风格吗？

　　然后乔就强暴了这个女人。他甚至没有像冯戈要求的那样，回到汽车里去做完余下的那部分。他说他等不到那一刻。他还说谁知道你那个肮脏的座位上有过多少个男人的精液。乔说就在这土道上很好。他又说你不是喜欢大自然吗？那看长河落日，与做爱同在，有哪个男人给过你这样的幸福？乔长时间地折磨着冯戈。他不管冯戈的皮肤是不是被碎石弄破，她的那些伤口是不是已经流出了血。后来，当冯戈光着身子跑向她的车时，乔看见她的身体已经被碎石划得遍体鳞伤，满是血痕。

　　很冷的秋季。

　　那是冯戈始料所不及的。

　　冯戈从地上艰难地爬起来，跟跟跄跄地拖着那件同样被损毁的圣洛朗回到了车上。她依然一丝不挂地坐在方向盘前，嘴角悬挂的是一丝恶狠狠的麻木。她锁上车门，不论乔怎样歇斯底里地拍击着车窗。她就是不理他。也决不让他上车。

　　后来冯戈开始发动她的车。她示意乔躲开。乔不肯。后来他就干脆站在了她的车前。他大声吼叫着。一边吼一边穿着他的裤子。冯戈在那一刻真想撞死这个男人。也是在那一刻她开始痛恨她的财产和"午夜"，她想她要是没有这些牵挂，她肯定会毫不犹豫地撞死这个男人的。他强暴了她。他是那么残暴。就在刚才，他在她的身体上为所欲为，他羞辱她蹂躏她泯灭她，让她从身到心都伤痕累累，遍布着绝望和悲伤。她觉得被乔在荒郊野地里强奸的滋味并不好。那不是她想要的，也不是她真正喜欢的。当然她承认一开始是她在引诱乔，是她在渴望着这个男人强健的身体。但是那个过程太可怕了，那个男人太霸权也太自私，而且整个过程竟成了他对她的征服，成了这个男人在那里独自享受着她为他带来的性的欢乐。那不是她的初衷。乔不想让她获得哪怕一丝的快感，他甚至在他如鱼得水地做着那一切时，根本就不管她的身体是不是很疼，被碎石划破的皮肤是不是很疼，被他强行进入的瞬间是不是很疼，被压在他沉重的身体下的她的脆弱的五脏六腑是不是很疼，被他不断蹂躏的她的心灵和神经是不是也很疼。是的乔根本就不管她。他在她身体上表现出来的残酷和狠毒几乎置她于死命。这就是为什么她很愤怒。后来她的汽车在左躲右闪之后竟然闯过了那个盛怒的男人。她踩足了油门。疯狂地向前开。直到在汽车的反视镜里再也看不到那个男人的影子。

然后她才把车停了下来。她无法解释她为什么要把车停下来。车停下来后她就趴在方向盘上，哭了。是的她哭了，但是她很快就擦干了眼泪，她重新冷酷而麻木。就这样她停在半路上等着那个一步步走来的男人。她知道他一定也很愤怒，也恨不得杀了她，但是她等他。一种残酷的心情。她对乔既深怀仇恨又深怀爱意。很莫名其妙的。一种非常复杂的感觉。她等他，甚至不怕他追上来后对她继续施暴。后来她才知道，其实她并不是不能接受乔对她的强暴，在身体的深处，她甚至渴望着那个男人对她的蹂躏和虐待；她只是不能接受这样的一个现实，那就是在激情的那一刻，她竟然承认了她是他的奴仆，她竟然屈服于他，任他统治支配，而他，不过是她庞大的服装帝国中一个小小的雇员。

乔终于走了过来，满脸阴沉地接近着她的车。她不知道乔究竟是一个怎样的男人。她一点也不了解他，不知道以他的性格，他是会回到她的车上，还是不理睬她继续往前走。更不知道这个愤怒的男人在接近她的时候会对她做什么。

但是冯戈并不恐惧。她甚至在乔走过来的时候主动为他打开了车门。在发生了刚才的那一切之后，她对他竟没有丝毫的戒备，这就很难解释了。

乔竟然毫不迟疑就坐了进来。他竟然显得很平静，大概是刚才他独自走的那一段路，已经滤去了他的狂躁。乔一上来就去摸冯戈裸露的大腿。但是冯戈闪开了，她说，别碰我，你这个混蛋。

然后乔就乖乖地坐在那里沉默不语。他只是在汽车开进市区的时候，提醒冯戈，在都市的大街上赤身裸体是要触犯刑律的。

可冯戈根本不管什么都市大街的规矩。她就那么光着身体，并且大胆迎接着偶然发现她的那些路人异样的目光。

他们回到"午夜"的时候已是深夜。乔下来。问她是不是打算就这样走进她自己的公司？冯戈无语。然后乔又说，我不知道你是不是真的欣赏男人，或者只喜欢那种女性化的男人，比如雄。冯戈依然无语。因为她知道那是乔在故意激怒她，但是她不想在"午夜"的门口和乔吵。最后，乔又说，发生了这种事，你有权力解雇我。我随时随地等你的通知，我对"午夜"已经没有热情了。我这样提出来纯粹是为你着想。我觉得你在你的公司已经无法面对我了。乔说过之后，扬长而去。

四

乔没有接到"午夜"解雇他的通知。乔知道这就意味着冯戈仍然还需要他。被一个女人连续不断地需要感觉好像也不错。果然，雄不停地打来电话，说冯总在催促乔尽快拿出秋装的设计，因为"午夜"的秋装展示会就要举行了。冯戈希望公司能有一批崭新的视觉冲击力强的新款服饰在展示会闪亮登场，其实冯戈的真正意图是希望乔能在这次大型展示活动中脱颖而出，被人们所接受，并带给"午夜"一个新的形象。公司里没有人知道冯戈的这一番良苦用心，只有雄那种老谋深算的人才能暗暗地体会出来。

尽管乔不能理解冯戈的真正意图，但是，乔突然开始奋发图强了。连乔自己都不知道他是从哪儿获得了那种灵感，后来那灵感便成了他工作的动力。总之他很快就做出了那个叫"秋的畅想"的季节主题。所有的秋天的色彩，那些细微的差别和过渡，以及不那么流畅的线条。总之那种枯叶般的感觉令乔兴奋不已，而只有兴奋起来，乔才可能设计出最好的时装。乔不愿把这归结为那段苇塘边的浪漫。他知道那浪漫不足以成为他行动的力量。但是乔从此确实很努力。他夜以继日。一种必须紧紧抓住那转瞬即逝的每一个灵感的紧迫感。尽管乔在郊外的那个傍晚之后再没有见到过冯戈，但是他的设计却不断地得到冯总的认可和肯定；而任何设计只有被冯戈认可后，才可能被送到车间，由工人们制作成准备参展的样品。

乔不知道冯戈是怎样转变的，也不知道是什么换来了他在"午夜"如此稳固的首席设计师地位。从此，他便也投桃报李地为"午夜"努力工作了起来。而他的设计理念大胆而新异，充满了想象力和创造力，且不断有涌动着激情的作品问世。那时候，乔的几乎每一件作品出来，都会在设计室中引出一阵不小的震动和争议。"午夜"本季度的时装展示会几乎都是乔的作品。乔作品的风格当然和"午夜"从前的风格截然不同，以至当那些新款被发布时，媒体甚至不敢相信那就是"午夜"的作品。

这就是乔之于"午夜"的意义。

是乔给了"午夜"新的潮流。

乔的事业前途无量，媒体说这是显而易见，有目共睹的。

为了让那些将要参加展示会的服装在制作中不要走样，那以后的一段时间，乔几乎每一天都待在样品车间，在那里盯着缝纫女工的工作，在每一个细节上叮嘱和监督她们。就是在这样一个紧张而繁忙的过程中，乔认识了秀秀。一个从四川大山里来的女孩子，眉清目秀，后来她几乎改变了乔的生活。

秀秀是样品车间的主管。因为乔对他设计的服装的做工很严格，很在意，甚至很吹毛求疵，所以他要不停地和秀秀打交道，要通过她把他的旨意传达给工人。乔不是在同秀秀经常的交往中喜欢上这个女孩子的，而是非常突然的，闪电式的，几乎在第一眼看到秀秀时，他就爱上了她。但是乔对秀秀的喜爱中没有邪念。可能是因为他一天到晚要和冯戈，或是和雄那种人打交道，烦了，所以在见到秀秀时才觉得特别轻松和简单。他简直不敢相信"午夜"中还有如此清纯的女孩子。真是太不可思议了，好像在沉重的压力下，在扭曲变形中，蓦地被一阵清风拂过。因为秀秀的清纯，乔在与秀秀的交往中，自然也就很严肃。乔是个非常识时务的男人，他不会破坏那种唯美的东西，却能在第二次见到冯戈的时候，就超越了常规地和她做爱。他有他引以为荣的判断力和为人处世的技巧。他是个能把握自己的男人，能理智地将一切运筹于帷幄。

乔后来才知道，看上去精明强干的秀秀几乎连小学都没有读完。像所有山里的女孩子一样，秀秀从小就梦想着能走出家乡的那片绵延起伏、没有尽头的大山。后来秀秀果然就实现了她的愿望，来到了这个陌生的城市打工。据说是冯戈收留了她，所以她一直把冯戈当恩人。一种朴素的报恩思想，使秀秀从此死心塌地地为冯戈干。秀秀不仅有出色的手工手艺，在缝纫女工们中还有着极好的人缘，因而不久就被提升为部门的主管，据说是冯戈最放心的部门主管之一。又据说冯戈之所以放心秀秀，是因为她能和雄密切配合。而"午夜"的大部分部门，和雄的关系都是非常紧张的。所以对雄来说，秀秀也算是他最顺从的下属了。

在展示会前夕，为了赶制模特的服装，样品车间经常要加班加点。乔和秀秀自然也要没日没夜地时常盯在现场，大概是出于一种责任感吧。加班多了，自然接触也就多，不久，乔和秀秀有了一种默契。是工作中的。那是因为首先他们的目标是一致的，就是希望在他们的努力下，"午夜"的服装展示会能顺利、成功。当然在成功的具体含义上，他们的态度还有些微的差别，因为对乔来说，"午夜"的成功也就是他的成功，所以他是有一点功名之心包含其中的；而秀秀比起来就无私得多，她不想在这成功中获得任何好处。如果说她还有一点私心的话，那也是为了冯戈。她希望冯戈能成功，那全然是出于她对恩人的无限忠诚。为此她才会对冯戈认可的那些服装竭尽全力地去制作。她不断和乔切磋探讨，最大限度地提高工艺水平，把那些衣服做得精益求精。她熟悉乔拿来的每一张图纸，她对每一套服装的每一颗纽扣都烂熟于心。她对这套"秋的畅想"系列服装燃烧着前所未有的热情，她负责、认真，以至于根本就无需乔为此而费心。这一点当然也令乔非常满意。他很高兴在他通向事业巅峰的道路上，还能遇到秀秀这样一个可谓知心的助手。

乔和秀秀如此呕心沥血，竭尽全力，其实说到底，最终获利的还是"午夜"。显然冯戈也看到了这一点，所以她才会在某个晚上亲自设宴，感谢乔和秀秀为她所做的这一切。

那顿晚餐是由雄安排的。雄是冯戈的"大内总管"，就像是冯戈的家里人，所以冯戈在举杯答谢的时候，并不提雄，只谢乔和秀秀，说，拜托。

那是一家很好的饭店。环境幽雅，还有煽情的蜡烛。方桌的四面各守着一个人，乔的两侧，一面是冯戈，一面是秀秀。对面还有雄。雄的在场，无论如何还是让乔觉得不舒服。他想如果不是秀秀要来，他是绝不会来吃这顿乏味的晚饭的。他可以找到无数的理由推掉这次无聊的聚会。是因为秀秀说她要来，且希望乔能陪她，他才最终决定来的。其实在此之前他已经拒绝了雄，但是他却无法拒绝秀秀请求的目光。

幽暗的烛光使他们谁都看不清谁的脸。那时候乔和秀秀已经很熟悉了，他们无论在车间里，还是在工作之余，都可以轻松面对、谈笑风生。但是在冯戈的面前，不知道为什么乔显得拘谨了许多。他沉默寡言。低着头。偶尔抽烟。无所适从。既不能轻松自如地面对秀秀，也不能风流潇洒地调侃冯戈。那种被夹在两个女人中间的感觉，让乔觉得不舒服。

那是在郊外的那段风流之后，乔第一次见到了冯戈。他说不清重见冯戈时的那种感觉，不知道该和这个女人亲近，还是应和她疏远。乔不知道自己是不是真的了解这个谜一样的女人。照理说，他们在服装展示会上的利益的一致，冯戈对他的设计的认可和支持，还有他们曾经有过的身体的接触，哪怕并不是美好的，但是这种种的理由，应该足以使他们不再陌生。但是此刻他们坐在一起，却那么冷淡疏远。无话可说。像路人。

乔觉得很不自在。他想很可能是这样的组合不好。首先是他不喜欢雄，所以他不愿意和这个男人多说哪怕是一个字。和那两个女人同时在一起也让他觉得不对劲儿。他想其实无论让他和她们中间的谁单独在一起，他都会觉得随意得多。而眼下尴尬的原因是，他和她们都有着那种微妙的关系。这关系他是知道的，所以他在明处。于是他才会尴尬而拘谨。而她们不知道。她们在暗处，被他看着。结果被蒙在鼓里的女人们反而毫无负担，轻松自然。左边右边。他坐在那里。被挤压着。他远观她们，发现这两个身份地位完全不同的女人竟有着如同姐妹一般的亲密的关系。秀秀平和质朴，穿的衣服甚至有点土气；而冯戈则珠光宝气，光彩照人，周身散发着那种令人窒息的香水气息和一种近乎疯狂的优雅。乔对这种人为的悬殊很反感。他觉得那是冯戈存心要秀秀难堪。然而秀秀却对冯戈的这身装束赞不绝口。她是那么由衷和真诚。她的纯净的魅力甚至是乔所不能接受的。乔不理解这两个女人为什么能如此融洽。他觉得她们应该是彼此仇恨的。

晚餐在两个男人的沉闷和两个女人的快乐中终于结束。兴奋中的冯戈又提议去跳舞，她说既然出来，就该彻底放松，好好休息。秀秀立刻说，不行，我不能去了，车间里的活儿太多，我已经安排了她们加班，我必须回去。

那么你呢？冯戈看着乔。她这样问着乔的时候，就仿佛是在审问他。

乔很不愉快。他想他没有什么好隐瞒的。他说他也要回车间。还说回去是为了准备冯戈的时装展示会。多么无懈可击的理由。

你们都要回去？冯戈异常扫兴的样子。其实谁都知道，冯戈之所以提出跳舞，完全是为了乔。冯戈在酒后，她的愿望可想而知。

秀秀立刻说，你们去吧。今晚车间里不需要你，是另外的一些衣服。秀秀的神情很真诚。那真诚让乔觉得他简直是个邪恶骗子。

但冯戈不等乔再说什么或解释什么，她扭转头，冰冷地对雄说，我们走。

然后冯戈便带着雄离开了饭店。冯戈临走前还很西方礼节地拥抱了秀秀。但是她却没有理睬乔，也没有和乔告别，就好像乔这个人是不存在的。

后来秀秀抱怨乔，她说你完全可以去，可你为什么不去？

这不是你需要关心的。乔说。咱们也走吧。然后便带着秀秀离开了饭店。

很可惜在结尾的时候，冯戈精心设计的晚宴不欢而散。那显然不是冯戈的初衷。那不欢而散本来也许是可以避免的。

五

在时装发布会前的某一天，冯戈突然召见乔。就在她那间空旷的办公室里。光很暗，显得压抑而冷酷。乔走进去。扭头才看见冯戈站在门后。见到乔她便举起手中的那件刚刚做成样品的服装，并且非常温柔地问着乔，你以为模特中有人能穿得下这件服装吗？

乔看着那件衣服。那是一件非常性感的长裙。蝉翼般透明的丝绸面料。给人一种对女人性器官的暗示和梦想。乔知道他已经无需再说什么。冯戈的话就像是一把柔软的剑，一直刺进他心里的那个暗处。他想不到这个女人竟然有如此犀利的洞察力。他不知道其实那就是女人的直觉。

乔走过去拿过了那条长裙。然后他就向外走。是的他心里是明白的。他知道那件洋溢着性的气息的长裙是他专门为谁设计的。他觉得服装设计有时候就像绘画一样，是需要心中有个偶像的。偶像会使艺术充满激情，譬如被毕加索爱着的那些画中变形的女人们。而偏偏冯戈就窥到了这激情。窥到了长裙背后的他的真正的心意。其实乔并没有想要这件服装去参加"午夜"的时装展示会。他只是想把它做出来，想看到他的激情所演绎出来的究竟是什么。

他所做的这一切，甚至连亲手缝制了这件衣服的秀秀也不知道。他记得那天开始剪裁的时候，秀秀突然匆忙地来找他。她也非常认真地提出了和冯戈一样的关于尺寸的问题。秀秀说，公司的模特中没有任何人穿得下这么小尺码的裙子。她说她熟悉公司所有模特的尺寸，她问乔是不是设计时把尺寸搞错了。乔自信地说不会错。他并且执意要求秀秀严格按照他的尺寸把衣服做出来。他说这是他所有设计中最优秀的，哪怕永远都不会有模特去穿它。

为什么要这样？秀秀不解地看着乔。但是秀秀还是顺从乔的意愿，并且亲手缝制了那件长裙。然后她又遵照乔的指示，把它悬挂在样品服装中间。那确是一件非常漂亮的裙子。无论样式和色彩。那么秋天的味道。它就那样在所有将用于展示会的服装中隐藏着，并且闪烁着夺目的光彩。乔不知道冯戈怎么就发现了它。

乔这样想着，他甚至感觉不到冯戈已走到他的身边。很近。在很近的地方冯戈夺过他的那件心血之作，并再度咄咄逼人地问着他，你能告诉我这究竟是按照哪位模特的体形设计的吗？

乔无语。他什么也不想说。他甚至不愿看冯戈。其实他们都知道对方的潜台词究竟是什么。

然后冯戈又走开了。她说她不得不承认这真是一件杰作。她说我在那些样品中一眼就看到了它。它太出色了。为什么只有它才会那么出色？这大概是你唯一没让我审定的作品吧。你对我隐瞒着。为什么要隐瞒？当然它是最好的。看得出你对它满怀了激情。当然你也可以不通过我就把你的想法搬上舞台。在"午夜"你有这个自由。你是"午夜"的灵魂。可是你知道吗，它竟然刚好是我的尺码。这真是太不可思议了。想一想仅仅是郊外的那个那么短的瞬间，你就记住了我的尺寸。你真是天才的时装设计师，也是我很多年来一直在努力寻找的。我知道你之于"午夜"意味了什么。那将是划时代的。非常重要。还有，这件为我而做的长裙提醒了我，过去我作为设计师在表演结束后和模特们一道上场时，总是忽略了自己的服饰。我为什么偏偏不为自己设计一些像样的服装呢？难道我就那么不重要吗？今天你为我想到了。真好。我要感谢你。那我们现在就来试试，看你的杰作是不是真的适合我。

冯戈说着就把自己转瞬之间脱得精光。她总是这样，总是能使乔感到震惊。她看着乔惊异的眼睛。她说有什么大惊小怪的，在我们这里，模特的身体不是秘密。她们就等于是活动着的塑料架子，何况你我之间已经不再陌生……

冯戈将那件长裙穿在了自己身上。

那长裙竟然他妈的真的很适合她。竟然使她平添了无限风情。

乔当时的愤怒和恶心就不用说了。他真的恨不能冲过去，把那件长裙从冯戈的身上撕扯下来，哪怕把它撕碎，哪怕毁了它。但是乔终于控制了自己。不知道他的理智是不是年薪五十万所致。总之他只是恶狠狠地看着冯戈。看着这个令他嫌恶的女人表演。他沉默不语。后来就干脆转过身去看别处。他知道那是冯戈在故意羞辱他。他觉得这个拥有亿万资产的女人实在是太卑鄙了，她简直就是个魔鬼。

　　而穿着那件乔所珍爱的长裙的冯戈，却在乔的眼前不停地转着。那透明的裙摆飞扬着。在旋转中飘逸着性的芬芳。她说你看，怎么样？这就是你的杰作，你看它穿在我身上合适吗？那是你想要的效果吗？女人的性器官是应当以这种方式若隐若现地暴露给男人的吗？你抬起头看着我呀。我知道这一刻你恨不能杀了我。但是你知道吗，这一刻我也恨不能杀了你。拿去吧。拿去给你想给的女人去吧。乔你果然很有眼光。你看不上我公司里任何一个漂亮的模特，却独独欣赏一个乡下来的姑娘。你是在追求什么样的刺激？秀秀又能给你什么呢？是的秀秀确实很美丽。那种山清水秀的美。但是你肯定这就是你需要的美吗？当然如果你觉得秀秀合适，那就按你的意思好了。我决定在"午夜"的时装发布会上，秀秀就穿这条裙子上场。她就是"午夜"的精灵，代表了"午夜"的全部品质。秀秀在"午夜"做了这么多年，想来T形台上的"猫步"她不会陌生。冯戈说着，就拿起了对讲电话，她说雄，你去把秀秀找来，我要……

　　乔抓过了冯戈手中的话筒。他们相互抢夺着。后来乔不得不紧紧抱住了冯戈，他问她你到底要干什么？

　　冯戈奋力挣扎着。她声嘶力竭地喊着，这不正是你想要的吗？

我想要什么？

要秀秀做模特。

开什么玩笑？那件衣服并不是为展览准备的，再说，秀秀只是个山里来的纯洁的小姑娘，她怎么能做模特呢？

你怎么知道她纯洁？她又怎么不能做模特啦？当初公司里很多人都认为我不该让秀秀做部门主管呢，包括雄。但事实证明，无论什么，秀秀都能做得很好，而且是最好的。所以模特也是一样。模特并不需要教养，只要有美丽的身体就足够了。而模特这个职业本身就是教养，就足以把秀秀这种山里来的你所谓的纯洁的小姑娘教化成一个优雅而又富有的女人了。多么轻而易举，就像女人无需成本地出卖色相。我为什么早没有为秀秀想到这个出路呢？看来秀秀应该好好感谢的是你而不是我了。好了拿去吧，这件最漂亮的裙子，"午夜"的灵魂……

冯戈说着，又脱掉了那条长裙。她重新让自己赤身裸体，这一次，她走过去贴住了乔。她紧紧地贴着。她在乔的躲闪中紧逼着。她去解乔衬衣上的纽扣，她说，城市里的富有的女人难道就真的让你这么厌恶吗？我们并不陌生对吗？来呀，乔，就像在郊外，那个黄昏的荒凉……

这时候冯戈办公室的门突然被推开。

秀秀？

秀秀很惊恐的样子。她显然看到了一丝不挂的冯戈正缠绕在乔的身上。秀秀呆在那里。她不知道在冯戈的办公室里究竟发生了什么。

秀秀被吓坏了。她站在那里，进退两难。门还没有关上。她想她走还来得及。于是秀秀想离开，她退着，但是冯戈叫住了她。

秀秀周身颤抖。她用颤抖的声音怯怯地问，冯总，能让我走吗？

不。你不要走。

秀秀便只能继续留在那里。在那样的一幅景象面前，大概只有真正看到的人才会觉出是怎样的尴尬。秀秀也许并不太在乎女人的裸体，因为她几乎每天都要和那些裸体的模特们打交道。但是她不愿意看到裸体的那个女人是冯戈，更不愿意看到冯戈是缠在她那么尊重的乔的身上。而这一切也许还不能引起秀秀的愤怒，让秀秀不能忍受的是，她熬更守夜精心缝制出来的那条长裙，竟然被粗暴地扔在地上，并被冯戈和乔任意践踏着。秀秀不知道在冯戈和乔中间究竟发生了什么。她很害怕。她知道他们中间一定是发生了什么，否则他们是决不会拿裙子出气的。

冯戈离开乔并开始穿她自己的衣服。她慢慢地穿，慢慢地系着纽扣扎着裙带。直到穿戴整齐，冯戈又恢复了冯总的姿态，她才扭转身对秀秀说，秀，你不要走，把地上的衣服捡起来。

我知道你很伤心。那是你的心血。当然也是他的，是这个对女人总是充满了爱的男人的。你知道吗？他想改变你的命运。秀，你的命运难道还不够好吗？告诉他。让他了解你的一切。不过，还是算了，就让我们按照他的想法来改变你吧。秀秀，配合一下，穿上这件长裙，看看他为你度身定做的这套堪称经典的时装，在你的身上会是个什么样子。

秀秀捡起长裙。无助地站在那里，她不知道该怎样做。因为她实在听不懂冯戈的话。不知道冯总真正的意思是什么。她觉得她已经无所适从。她就要哭出来了。她不知道自己出了什么错，又为什么要被卷入其中。秀秀有点迷茫地看着冯戈，她又扭过头去求助于满脸阴沉、沉默不语的乔。

冯戈走过来抚摸着秀秀的脸。她的细长而冰凉的手指轻轻在秀秀的脸上滑过，让秀秀不禁周身颤抖。冯戈说，秀你不用这样看着我们。我知道你是无辜的。但我不是在跟你开玩笑，这也是乔的意思，对吗？乔？他真的希望你能穿着它走上 T 型台。世界上很多的大模特就是被乔这样的设计师捧红的。从此她们身价百倍。这不是梦。不要担心你贫困的出身，和你所经历的那些屈辱与苦难，无论你是谁，乔这样的设计师就是能化腐朽为神奇。

不，冯总，不要这样，真的不要这样。

干吗还不动手？来吧，秀秀，让我来帮助你。你每天要为

201

那么多模特试衣服，还有什么难为情的吗？不要管他。他是障碍吗？你不要把他想象成一个男人。即便是男人又怎样呢？难道我们没有见过男人吗？难道我们不是曾经沧海吗？

不，冯总，千万别……

别躲闪，秀，脱掉你这身工作服，让我们来看看，究竟哪个姑娘能穿进那只水晶鞋。

冯戈说着就脱掉了秀秀的工作服，也是转瞬之间，秀秀就只穿着宽大的背心和短裤站在了办公室的中央。她那么孤零零的，那么无助。秀秀抱着她的肩膀，她已经无地自容。秀秀是被强行扒光的。她经历过那样的场面。她紧闭双眼，欲哭无泪。她就那样绝望地站在那间空旷而阴森的房子的中央。乔觉得这个可怜的女孩子正在被她的老板明目张胆地谋杀。

你不要折磨她了！乔终于忍无可忍。他大声喊叫着，从秀秀的身边拽走了冯戈。他说行了，你到底想要我干什么？

我怎么能想要你干什么你就干什么呢？我这样做无非是想帮助你实现你的梦想。

秀秀对这一切一无所知。

我知道你是不会对秀秀说出你的爱或者你的梦想的。你没有那样的勇气，不然就是你还太浪漫。来吧，秀秀，穿上这条裙子。把背心也脱下来，否则这欲望的企图就不能表现出来。能被一个男人如此梦想着，你难道不觉得这是幸福吗？转过来，让我看看你的乳房，如此若隐若现，没错，这就是他要的效果。走几个"猫步"让我看看，真是太美了。乳房在颤动，又让他们想入非非了，不过这恰恰是"午夜"所需要的，非常好，过去，我们女人为什么不会这样欣赏自己呢？再扭过去，让我看看后面，那肯定也是男人欲望的地方……

乔实在难以承受。他觉得他所经历的是地狱一般的感觉。他简直不敢相信世间还有如此狠毒的女人。当然他也知道他没有能力收拾残局，甚至不能把可怜的秀秀从这间屋子里带走。那一刻他真的不知道他该怎么做才像个男人。

后来他干脆一不做，二不休。他走近秀秀。他紧搂她。他让秀秀完全依偎在他的怀中。他要给她温暖，给她坚强。他在秀秀的耳边坚定地说，你不用怕她。也没有什么可怕的。她说得对，这就是我专门为你设计的。你应当觉得幸福，就像她说的那样。记得我对你说过吗？这是我所有设计中最好的，也是我最最喜欢的。就是为了你。仅仅是为了你。你看这件裙子也是你亲手缝制的，你像缝制所有的裙子一样地认真、投入。你总是那么无私地去做每一件事。可是你想过有一天这条裙子会穿在你自己身上吗？想想吧，这是我们共同合作的结果。是最伟大的艺术。这艺术品中的每一个细节都充满了爱，我对你的。她说的没有错。你配这条长裙。你是那么纯洁善良。你为了什么要这样没日没夜地为她干？你欠了她什么要这样偿还？过来，让我给你系上裙带。你为什么就不能拥有一件漂亮的裙子呢？
而且它本来就是你的。你不要哭了。这里没有你的事。你无非
是被我们夹在中间，被她甚至被我耍弄了。可是，秀秀你看，
看镜子中的你自己。你真的没有什么可自卑的。你看你穿上这
件裙子有多美。来，转过身，让我给你拉上后背的拉链。好了，
挺起胸来，看着我。请相信我的眼光，你无疑是最美的，比
"午夜"所有的模特都美，甚至比这件长裙本身还要美。请相信
我的直觉，你的人生意义正在开始，但是你也许并没有感觉到。
秀秀你听我说，尝试一种新的职业有什么不好呢？

够了。冯戈从乔的怀中拽出了秀秀。秀你别再听他胡说。
你走吧。现在就走。雄在等你。忘掉刚才的一切。也忘掉他说
的那些话。他正在企图玷污你的本色。你当然不会忘记你走过
来的路。你也应该知道倘若陷入那样的奢华会是怎样的一份苦
痛。那是绝对不适合你的一种职业。走吧，做你喜欢做的事情
去吧。我要你记住，听着秀秀，"午夜"需要你。我，需要你。

秀秀是哭着跑走的。

像一场恶剧。

乔突然觉得累极了。身心疲惫。他想和秀秀一道离开，却
被靠在墙角的冯戈抓住了。冯戈说，别去追，让她走吧。让她
安静。然后冯戈递给了乔一支烟。为他点上。她回到墙角。也
点上一支烟。慢慢地吸。烟雾在那个大房间里缓缓地蔓延。直

到他们俩的那两支烟都被吸完。冯戈打开门。让乔离开。

他们什么也没再说。在心力交瘁中，结束那场需要付出代价的战争。

六

乔深夜来到样品车间。

那时候车间里只有秀秀一个人。她在赶制时装展示会的最后一套服装。秀秀一针一针用手缝着。她一边缝一边流着眼泪。她总是扭转头，让泪水落到肩上。她不愿让眼泪弄脏了她正在缝制的那件白色的晚礼服。

秀秀并没有觉察乔走进来。直到乔走到了她的眼前，她才被吓得跳了起来。车间很大，也很寂静。秀秀退着，她说不，你怎么会来？不是这样的。为什么？

乔说你不要怕。我不会伤害你。刚才我敲过门了，你没有听见。乔走近秀秀。看着她。说，白天的事让你很尴尬，我来向你道歉。

秀秀说没关系。事情很多。时间太紧了。我睡不着，便起来做。

我看见了。乔说，我一直在楼下。想和你说点什么，直到车间里的灯亮了。

秀秀不再说话。只是专心缝制手中的那条裙子。那种投入和忘我。旁若无人似的。

又是裙子？乔问。

秀秀没有回答。

乔说，关于那条裙子，我确实是为你设计的。我也真心希望你能拥有它。你穿上那件长裙是那么……

别再说了，求你。我知道那不是你的错，也不是冯总的。但是求你别再提了，行吗？

乔问，她每年给你多少钱？

秀秀说，钱并不重要。

为什么要那么给她卖命？你觉得值吗？

她是好人。秀秀说。她的好只有我才知道。

但是她对你并不好。我看到了。

那不是她有意的。我知道。秀秀停下手里的活儿，睁大眼睛看着乔。

可是我对你好。乔说。知道吗，我真心喜欢你。

秀秀被乔这突如其来的话弄得很惊慌。"午夜"里还没有男人这样对待过她。秀秀不知道乔是虚情假意还是真心实意。她不知道。所以她只能低下头。不再讲话。她想也许只有这样，她才能保护自己。

过了很久，乔又说，来和我一起住吧。

你说什么？秀秀更是震惊。甚至恐惧。她不敢相信她听到的话。她也从来没见过乔这种直截了当的男人。直到此刻，秀秀觉得她其实并不了解乔，不知道这个对她来说依然陌生的男人究竟是谁。

过了很久，秀秀才说，我是山里的姑娘。

我就是想和你在一起，乔说，你不要把我和那些男人一样看待，我还没有那么坏。

但是你不知道一个山里姑娘要经历怎样的坎坷和苦难，才能有今天。

和我走吧，离开"午夜"。

你是说要我背叛冯总？不，不可能。你怎么能这样要求我？不，你走吧。

就是说你拒绝了我？乔执着地追问着。

城市里有那么多好姑娘。秀秀平静下来。她说，我从来不属于这个城市，我知道的。

但是我喜欢你，愿意和你在一起。

离开"午夜"我会无家可归。

我的家就不能成为你的家吗？

秀秀说，不能。我并不了解你。就是我了解了现在的你，也不能保证明天，而我的一切都是冯总给的，我知道冯总是永远不会抛弃我的。

你就不能不提她吗？乔大声吼着，并摇晃着秀秀的肩膀。

秀秀挣扎着，眼泪流了下来，周身在颤抖。她说放开我，乔，别这样，你弄疼我了。

可是你要告诉我，在这个世界上，在你的心里，究竟是谁在控制着你？"午夜"是个只有魔鬼才能待的地方，这里到底有什么可留恋的？我问你呢？说呀，回答我。

战栗中的秀秀不知道那根尖利的缝衣针已经刺破了她的手。她已经感觉不到那刺伤的痛，她的心里只有紧张和害怕。她不愿意在这样的午夜和乔单独在一起，她知道在这样的午夜，在寂静和空旷中，在空无一人的车间里，乔就是最大的危险。她也不愿意听乔说他的爱，不愿意让乔怂恿她离开她最不愿离开的那个人。所以秀秀只有沉默。用沉默保护自己，也保护冯戈。她横下一条心，也不管乔的存在，她只一心一意地低着头做手里的活儿。无论乔怎样在她的身边喊叫，干扰她并且困惑她，她都不再讲话。她本来是想以沉默和乔对峙到底的。她无话可说，唯有沉默。她甚至已经开始这样做了，她不再理睬乔，但是，突然，她惊叫了起来。那叫声凄厉。

秀秀无望地挣扎着。她在费力摆脱着那件白色的婚纱。她被纠缠得很深。那白色的缠绕。她绝望地说，乔，你看这是什么？她显得慌乱而茫然，那神情仿佛她正在遭遇灭顶之灾。

什么？乔走了过来。是血。谁的血？

秀秀是看到她正在缝制的那件白色的礼纱裙上正慢慢洇出点点殷红的血迹时才惊叫起来的。她说你看这是什么？弄脏了这条裙子？这是很贵的面料，国内根本就买不到，是冯总专门从英国带回来的。而且马上要开展示会了，怎么办哪？能洗掉吗？

这一次秀秀是真的被吓坏了。她手足无措。她哭了。她说从来没发生过这样的事。我怎么和冯总说？啊？乔，我该怎么办？能帮帮我吗？

乔看着惊恐万状的秀秀。他觉得秀秀真可怜。他说你看这个可怕的女人是怎样异化了你？他拿起秀秀的手，说你难道真的不觉得疼吗？针扎破了你的手，你难道都没有感觉？为什么事事处处总是要为她着想？她值得你这样吗？她已经腰缠万贯，她还会需要你的死心塌地吗？秀秀，想想你自己吧。乔把秀秀的手指放进他的嘴里。他拼命地吸吮着，但那手指依然在滴着血。咸腥的，那种温暖的气味。而此刻秀秀就在他的对面，他的眼前，他只要伸出手臂就能把这个可怜的女人抱在怀中。乔想不好他是不是要伸出手臂去拥抱这个女人。他很矛盾，他必须努力战胜着自己，才可能伺机做他实在想做的事情。

终于秀秀开始在这温暖的疼痛中苏醒。而她苏醒后的第一个动作就是奋力从乔的温暖中抽出了她的手。她的手是属于她自己的。就像是她的血。既然乔不能帮助她，那么她就只能独自处理这件事。她必须尽快去做。于是她挣脱了乔。然后就抱着那件礼服去水池清洗。

还是她！乔愤怒地说，你的心里就只有她吗？

秀秀不再理乔。是的她的心里就只有冯戈的服装，除此她还能想什么呢？那就是她的一切，她必须努力做好这一切。所以她用水冲洗着那血污，冰凉的水，直到把它洗净，然后又用熨斗精心地将它们熨平。秀秀在做着这些的时候专注而又小心。她专注到旁若无人，专注到这车间的午夜里仿佛只有她一个精灵在舞蹈。如此，那件白色的婚纱慢慢恢复了它原先的洁净，并重新变得光彩照人。

而乔始终站在一边。看秀秀惊慌失措地做着这一切。看秀秀脸上那种由恐惧到欣慰的表情。看她难以抑制的那种失而复得的欢乐。乔很无奈，甚至愤怒。他知道这个女人已经被很深地毒害了。不可救药了。他已经无法与她对话。所以他唯有离开。离开秀秀。他向外走。他只是不知道在离开的时候，是不是应该和这个几乎痴迷的女人打个招呼，尽管他坚信这样的女人，即便和她打招呼，她也不会听到的。

乔于是离开。他离开的时候有种很不舒服的感觉。一种未完成的感觉。那是种缺憾。不了了之。可是乔平生最恨的就是这种不了了之。凭什么要不了了之？凭什么要听凭自然？不！

乔说出"不"的时候已经忍无可忍。忍无可忍到他竟然有了种不知道是发自身体哪个部位的剧烈的冲动。他想是的，就是那些烂衣服。他全部的怨恨和愤怒都来自那些衣服。他觉得他已经恨透了那些衣服。他不能容忍它们。不能容忍它们那么五光十色地照耀着。他想秀秀身上那些女性的甚至人性的东西，就是被那些毫无意义的华丽物质泯灭掉的。那么轻易的，它们就异化了秀秀，以至于秀秀对一个男人的爱，竟然已经毫无感觉。

这就是他妈的生活吗？

至少这不是乔想要的生活。

接下来乔所做的就更是吓坏秀秀了，因为连乔自己也说不清是被谁鼓舞着冲向了那些将要展出的服装。他已经不顾一切。他只有一个想法，就是去破坏它们。他狂吼着，声嘶力竭。转瞬就把那些悬挂在那里的服装统统扔在了地上，并且拼力用脚踩着。他知道他就像个疯子。他知道这就是"午夜"的杰作。是"午夜"在逼迫他，并把他塑造成现在这个歇斯底里的狂人。他想他如果不尽快离开"午夜"，"午夜"的目的可能就真的要达到了。他如此发泄。把他自己设计的服装当作他最大的敌人。他想对敌人就不能手软，他唯有彻底毁了那一切，毁了他自己，毁了秀秀，也毁了冯戈和她的时装展示会，他才能是快乐的。他快乐的代价多么昂贵。毁掉一切。而唯有想到毁灭，乔才能安心，也才平添了斗志，就仿佛是公牛看见了红色。

停下来！

乔。你到底要干什么？这一回轮到秀秀发疯了。她哀求着。她绝望地抱住了乔，流着眼泪，求他，说，乔，你不要这样，不要……

放开我，乔挣脱着，说不可能。

那么，你到底想要什么？

你想明白了？你当然知道我想要的是什么。

只是，你不要再毁这些衣服了。

除非，你把你的心给我。乔这样说着。那一刻，他竟然真的停了下来。

你到底要我怎样？

过来亲我。

不，乔，不要这样。你并不了解我。没有那么简单。

不然，我就会把它们全毁掉。乔又开始了他的疯狂。

你不能这样，马上就要开展示会了。

我管什么展示会？"午夜"不是就喜欢丑闻吗？

好了，你住手。说吧，你到底要什么？这时的秀秀已经满脸是泪。她突然变得平静，平静得有点冷酷。她走向乔，她甚至扭动着腰身，那姿态就像是一个娴熟的娼妇。她问着乔，就现在吗？就在这儿吗？你打算出多少钱？你需要多少时间？

乔毛骨悚然。这才是他真正恐惧的时刻。他退着。一切颠倒了过来。这一回又轮到他不理解眼前发生的一切了。

秀秀是那么勇敢。她竟然想都不想就开始一件一件脱去她身上的衣服。她竟然没有羞涩，没有那天在冯戈办公室被羞辱的那种无助的神情。她完全是主动的，像所有为了钱而交易的荡妇。她的面部麻木，眼中是空虚的无望。这所有的一切乔都看得很清楚。他不寒而栗。他想逃走。他这才知道什么叫"叶公好龙"。他觉得自己很草包，并且很脆弱。他想不到自己竟然被秀秀羞辱了。他不知道一个堂堂正正的男人，在此刻，是进还是退。

秀秀依然在脱着。她的身体就那样被一部分一部分地裸露了出来。她的四肢，她的乳房，她甚至正在脱掉她的短裤……

乔头晕目眩。他觉得恶心。是那种生理上的恶心，而不是心理上的。是的他已经完全不认识秀秀了。他知道他比秀秀软弱了许多。他在惊恐中抓住了秀秀正在脱短裤的那只手。那么消瘦的手臂。他说，秀秀你等等，等等，告诉我你究竟是个什么样的女人？

我是个什么样的女人，和你现在想要我有什么关系吗？

告诉我，你是谁？你怎么会有这么多面孔？

别这样看着我。我的生活本来很平静，可是你干吗要跑来破坏它？放开我，你现在后退和后悔都已经晚了。我会把你所有想要的都给你。说吧，在哪儿？地板上？还是在那个衣料堆上？

　　乔真的害怕了。他说不，你吓不倒我。别以为你充当了婊子就胜利了。告诉我，干吗要死心塌地跟着她？她的事就那么重要吗？以至于你宁愿出卖自己的色相？

　　你永远都不会知道我对冯总是怎样的爱。为了她我愿意做一切。秀秀这样说着就已经脱掉了她的短裤，她甚至已经赤身裸体地躺在了冰冷的水泥地板上。那么凉。凉而坚硬的欲望。她说，来呀。

　　秀秀的英勇令乔震惊。他还从来没有见过这么英勇无畏的女人。面对着此刻如妓女般的秀秀，乔竟然自惭形秽。他远远地站着，不敢走近秀秀，更不敢看秀秀一丝不挂的身体。那么纯粹的。一个欲望的载体。男人都想要的。而乔的心却怦怦地跳，脸色也骤然变得苍白。一种异常恶心的感觉。周身刹那间遍是汗水。就好像他是个性无能者。他就那样远远地站着。等待着。他要重新熟悉他已不再熟悉的这一切。在秀秀面前，他要让自己变得不再是一个陌生人。

　　乔很快适应了这一切。

　　既然是这个女人主动送上门来。

　　他想他曾经是那么爱秀秀。他这样想着的时候就难免很伤心。

　　让爱随风而去吧。去他妈的。秀秀肯定不是天使。

接下来他便如野兽般开始强暴秀秀。那种困兽犹斗的激情。很奇怪，他在强暴秀秀的时候，竟然会觉得他是在复仇。是在向秀秀背后的那个支撑着她的更强大的残忍的势力在复仇。他把身下的这个光洁的女人紧紧抱在怀中。他歇斯底里地蹂躏着她，为的是摧毁这个女人坚强的意志，和她的始终不渝的忠诚。他揉搓着她吮吸着她。他亲吻着她抚摸着她。所有男人对女人的巨大的冲力。他摇晃着秀秀，让她觉得天崩地裂，地动山摇。恍若末日。

再冷漠的女人也抵挡不住乔的袭击。

乔果然迅速使秀秀坠入了那难逃的欲壑，而不能自拔。

然后，乔就觉出了秀秀的身体在一点点地瘫软，一点点地滑落。那已经是一个欲望中的女人了，她甚至抬起了僵硬的手臂，抱住乔，让她的身体在欲望中一丝一缕、丝丝缕缕地恢复着温暖和柔软。

秀秀迎上去。

"午夜"已变得遥远。

生命中也不再有冯戈。

那个纯粹的世界。

是的，我爱，我愿为爱而改变一切……

乔终于又控制了秀秀。他重新拥有了一个男人的力量。但是他很残酷。他那么残酷，在秀秀要的时候，想要的时候，特别特别想要的时候，却突然离开了，扬长而去。他挣脱了秀秀的怀抱。他摆脱了秀秀的温暖。他从秀秀嘴里那张开的期待中，逃走。他逃走得不动声色，义无反顾。他甚至没有回头去看一看，那个欲望中的女人是怎样被丢在了尴尬中。

乔这是第一次伤害了一个他本不愿伤害的女人。

他记得在他们共同抵达激情高潮的时候，他不知道为什么突然说，你和她，你们两个女人都是魔鬼。当说过了这句话后，他便立刻兴味索然。恶心的程度也随之达到了顶峰。在顶峰上，他自然也就立刻成了那个名副其实的性无能者。

七

就在服装展示会的前夜，一个晚上，乔突然接到冯戈的电话。那时候他们已经很久不联系了。自从那个不欢而散的晚餐之后，冯戈的所有指示就都是由雄传达给乔了。乔便也听之任之。他对"午夜"的事情似乎早就淡然处之了。无可无不可。他工作着无非是看在年薪五十万的分上。

乔已经睡着。他是被电话铃惊醒的，他抓起听筒，想不到电话中的那个女人竟然是冯戈。

乔看表。乔说这么晚了，有什么事吗？

是关于明晚的展示会。有一些变化。一些细节的改动。

雄告诉我了。明早我们会解决。还有什么？

能出来吗？冯戈不容置疑的声音。

为什么？有什么要紧的事吗？

我就在你楼下。下来吧，我等你。冯戈依然的不容置疑。

乔根本不想见这个女人。他想不出冯戈深更半夜来找他是为了什么。但是他还是从床上爬起来，匆匆忙忙下楼。他一坐进冯戈的车就说，"午夜"的人全是他妈的疯子。

这就是"午夜"的风格。记得一开始我就对你说过，你首先必须适应"午夜"，才能控制"午夜"。这是最基本的。

说吧，什么事？

无非是几套服装的色彩。基调应更暗些。我想那样也许更适合你我以及"午夜"现在的心情。

哪几套？

你真的那么在意？我已经改过了。

乔愤怒。他说你怎么能这样？

你的设计就不能改吗？你是谁？无非是"午夜"帝国中一个普通的职员。

与其这样任人宰割，我辞职。

不要轻言辞职。乔，这是我的经验之谈。如果你说出辞职，就要真的做好辞职的准备。辞职要挟不了谁，反而会砸了自己的饭碗。无非是一点小小的改动，我们只是增加了一些暗色调的装饰物。依然很和谐，甚至更好。在这些细枝末节上，你何必这样针尖麦芒呢？

乔不再讲话。他推开车门。

等等，话还没有说完。我们认真研究过了，大家一致认为你的色彩还是太亮了一点。

哪个大家？无非是雄。

是的，雄确实也这么说。

别提雄。他算个什么东西？他根本就不懂什么是艺术。

首先"午夜"就不是一家艺术的团体，"午夜"是生意。另外秀秀也认为你错误地理解了"午夜"的精髓。可能是因为当时你设计它们的时候，心中正充满了一种莫名其妙的灿烂阳光，但太阳总要落山。当你了解了历史，你还能保证你不会像所有庸俗的男人那样，抛弃自己心爱的女人吗？所以《茶花女》才会是古今中外所有风尘女子的绝唱。

乔云里雾里。他一点也听不懂冯戈的话。他问她你究竟什么意思？这和那几件衣服的色彩有什么关系？

你听着，秀秀来找我。哭着。说她要走。要离开"午夜"。我劝阻了她。这就是我要说的，你怎么能那样对待她？就像个嫖客。你说我们是魔鬼，但你的到来，却使"午夜"成了妓院。你才是真正的不可思议。就因为你是个年轻而健壮的男人？你有着非凡的艺术才华和疯狂的生理欲望？够了，乔，不要像色狼一样地盯着"午夜"的每一个女人。你该有你的尊严。看不到吗？这里的平衡已经被你搅乱了。无序的状态。"午夜"似乎已难以控制。你难道一定要我在雄的面前承认，我把你请来是错误的吗？

又是雄？"午夜"真正的老板是谁？是你还是他？如果是他，那我一分钟也不能再干下去了。

我要说的这些不关雄的事。雄并不知道我来找你，尽管你认为在某种意义上，我是被他控制着。没有。不是雄。我是想问你，想听秀秀的故事吗？

你到底想要说什么？

当然是关于秀秀。

秀秀怎么了？我对"午夜"的任何女人都没有兴趣。还有什么事吗？我要回去睡觉了。

她曾经沧海。不是你真心想要的那种女人。

你怎么知道我想要的是什么样的女人？太无聊了。如果没事，我真的要走了。

想听她的历史吗？荡气回肠。肯定会让你伤心落泪。你当然可以装作无所谓的样子，但是我还是要说，因为这关系到"午夜"的利益。未来，秀秀是属于你，还是依旧属于我？这对我来说很重要。所以，需要你做出决定。我知道你是希望听到一些你认识的人的故事的。

乔无奈。一种难以名状的心情。你说吧。但要快点。我太累了。明天还有好多事。

乔留了下来，冯戈却不再说了，而是突然开走了她的车。你要干吗？乔抓住冯戈的方向盘，汽车在急速行驶中开始左摇右摆，非常危险。

冯戈不肯停下来。她挣扎着奋力向前开。你不是太累了吗？去找个地方放松放松。再说要谈秀秀，也得找个合适的地方呀。

算了吧，我可没有工夫陪你们。

但是你肯定不愿意放弃这个窥视女人隐私的机会，何况秀秀又是你那么看重的女人。至少你还有好奇心吧。松手。放开我。否则车毁人亡，惊心动魄的故事也听不成了。你还不至于为了一个乡下的姑娘就寻死觅活吧？

车飞快地行驶着。乔被冯戈带着。他又一次突然觉得没有了对抗的欲望。后来，他干脆就靠在椅背上，闭上眼睛，任凭冯戈把他带到哪儿。他呼吸。深呼吸。因为深呼吸他便在冯戈的车里闻到了那种非常熟悉又非常讨厌的味道。雄的。是的雄的男用香水味儿。他于是恶心。再度要下车。他说我不想坐在你这张行走的床上了，他说你如果不停车，我就跳下去。

你真有那么崇高吗？别装蒜了。雄的气味至少是品牌，而你呢？来者不拒，雅俗共赏，以至于我一直很难弄清你的品位究竟是什么。

车悄然停在一家五星级饭店的门前。有服务生将冯戈的车开到停车场。冯戈带着不情愿的乔乘电梯到三楼。乔想不到冯戈带他来的这个地方，竟然是饭店里的一个昼夜开放的健身房。

冯戈说，这里是消除疲劳最好的地方。我差不多每天都来。这已经成为我每天最主要的工作了。为"午夜"我已经付出了很多，应该休息了。雄可以代表我看着你们，他一直让我很放心。我每天在这里至少要训练两个小时。这能提高生命的质量。然后在浴缸里再泡上两个小时。我们这一代艰苦奋斗出来的老板们，眼下差不多都在过着这种饱食终日、养尊处优的生活。加入各种俱乐部，高尔夫球的，网球的，健身的，或者读书的。如此每天享受着这种最优雅最高档也是最有品位的生活，我们便这样成了贵族。是金钱培养了我们，让我们变得越来越娇气，以至于经不得任何的挫折和背叛。

冯戈让乔在健身房的大厅里等她。她给乔要了一杯很浓的咖啡。然后她走进了一个看上去能给人许多性的遐思的更衣室，一扇非常漂亮的镂花玻璃门，遮挡住了那些若隐若现的女人的身体。

乔从来没到过这样的地方。他等在那里。一种异样的感觉，尤其是在这样的午夜。大厅里空空荡荡，乔想，恐怕没有人会像冯戈这样，在这种时候锻炼。他想着冯戈。他觉得和这个女人接触得越多，他就越是无法理解她。这个疯子一样的女人所做的每一件事情，都是出人意料的，因而无法理解。无论乔有着怎样的想象力，冯戈的所作所为都会令他震惊。乔永远也不会知道这个总是异想天开的女人，脑子里装的到底是些什么。

乔等在那里。等得气急败坏。过了很久，冯戈才故作青春地从那扇漂亮的玻璃门里闪出来。俨然运动的装扮。一件黑色的连裤紧身衣，将她身上的所有线条毫不留情地凸显了出来。包括每一块肌肉。当然在这个锻炼肌肉的地方是不在乎暴露肌肉的。只是如冯戈这样的女人，紧身衣无疑使她的年龄原形毕露。那正在开始下垂的乳房，还有腰间、肚皮，乃至于臀部的那些正在滋生出来的脂肪。但是冯戈似乎并不在乎这些，她十分优雅地坐在了乔的身边，并故意做出和乔很亲密的样子。显然她是在做给什么人看。但是什么人呢？那个负责煮咖啡的服务生吗？

冯戈问乔，喜欢这样的地方吗？

乔说他看不出这样的地方对他有什么意义。

噢，我们忘了主题。你觉得秀秀是个好姑娘吗？

乔反问她，你说呢？

好吧，既然你不愿意说，不愿意做出你自己的判断，那么就由我来说。秀秀曾经是个好姑娘。任何的女孩都曾经是好姑娘，更不要说秀秀这种生活在青山绿水中的没有被污染的姑娘了。她在封闭的穷乡僻壤成长起来。那时候她一定很清纯，就像你说的那样。但是有一天秀秀走出了她的家乡。因为她长大了，长大了的她就不甘于她的清纯了。然后不幸就到来了。她尝试实现梦想的方式竟然是被拐卖。像所有被拐卖的姑娘一样，性的程序必然被提前了。那时候秀秀只有十六岁。一个十六岁的小姑娘就这样被注定了命运。秀秀不能怪别人，因为是她自己想要走出家乡的。她当然想不到走出来的代价，是要在陌生男人的折磨中每日以泪洗面。但是秀秀不后悔，因为她觉得走出来总比终生被滞留在愚昧中要有意义得多。想要一支烟吗？看上去你显得很沮丧。

这时候一个满身肌肉的男人不知道从哪儿冒了出来。那肌肉一条条一块块地在那个男人的身体上堆积着，仿佛要挤出他的皮肤。一个真正的健美运动员。他看到冯戈后便满脸堆笑，他说冯总你怎么才来？很忙，是吧？怎么样，我们现在开始训练吧。

然后冯戈便也微笑着随那肌肉发达的男人而去。他们走进了一间满是健身器械的大屋子。冯戈示意乔跟她进来。她说你不愿看看吗？她就让乔看见了，她是怎样地趴那儿，让那个有着雄浑体魄的男人为她按摩。她说训练前是一定要放松一下肌肉的。她这样为自己的行为解释着。

乔有点迟疑，但还是走了进来。他蓦然觉得很冷。大概是因为墙壁是镜子。还有那些冰冷的器械。训练者要无时不刻地看着自己。镜中的，无论美好还是丑陋的形象。

乔远远地看着冯戈。他看是因为他的好奇。所谓的放松，就是让那个身体已经变形的男人抚摸。那个男人的手竟可以在冯戈身体的任何部位上任意移动。真是太不可思议了。她的肩膀、腋下、颈窝、后背、腰间、大腿，甚至大腿的内侧……而冯戈竟然也做出很舒服的样子，毫无廉耻地享受着这一切。

但这是乔所不能忍受的。他不能看那双粗鄙的手在一个女人的身体上来回游走的样子。无疑很刺激。又是冯戈式的刺激。一种似曾相识的感觉。但是他忘了他曾经在哪儿见过了。他费力地想。想了很久。他突然发现那个男人揉搓冯戈的景象很有镜头感。然后他就想了起来。他终于知道他看到的是什么了，那种低俗的 R 级片。无聊极了。

秀秀生过一个孩子。冯戈突然抬起头来对乔说，那个买了她的男人。

乔转身走出了健身房。头也不回。他不再想听，也更不想看。他不是因为听到秀秀的隐私而愤怒，而是因为不能忍受冯戈在和那个低俗不堪的男人做着令人恶心的色情表演时，竟还不忘伤害秀秀。她没有任何资格去诋毁一个可怜无辜，并且要比她高尚得多的女孩子。

冯戈追了出来。

冯戈追出来的时候依然只穿着那件黑色的紧身衣。

夜色很深。

冯戈飞快地跑着。显然她知道她激怒了乔。她因此而很快乐。一种残酷的快乐。她想她的目的就要达到了，激怒并且摧毁这个男人。她喊着，回来，乔。而乔却大步流星地走出了那家酒店，并迅速坐上了一辆一直等候在那里的出租车。

乔眼看着就要胜利逃亡。只是司机还没有来得及启动，冯戈就追上来。她气喘吁吁地打开了车门。她说你不能走，我还没让你走呢。显然那个出租司机也认识冯戈，他不再执行乔让他快走的指令，而是停在那里等着冯戈。直到冯戈坐上车。说走吧。随便哪儿。这辆午夜的出租车才风驰电掣般开出了酒店。

既然这位先生想在这寂寞的午夜兜兜风。

不知道冯戈是怎样说服了乔。出租车在郊外的旷野转了一个大大的圈后，便又把他们送回了酒店。这一次冯戈没把乔再带回那个健身房，而是领着他进了酒店高层的一个非常豪华的套间。那时候他们混乱的思维可能已经被午夜的风滤净，他们都显得很平静，至少是可以对话了。

冯戈说看看吧，窗外是被灯光装饰的街道。整个城市尽收眼底。"午夜"常年租用这套房间。这也是"午夜"的一种标志。我有时会住在这里。因为我太喜欢这里了。这是这个酒店最好的套间，但这里不是我的私人居所，我只是有时候需要享受一下这里的环境。安静而优雅的。怎么样？在这里我们可以谈秀秀了吗？只有我们两个人。我们两个人坦诚相见。

冯戈去换衣服。在乔的不多的记忆中，这个女人仿佛永远是在换衣服。从卫生间出来的时候，冯戈果然又换了一袭长袍，那是一件丝质的睡衣，柔软而透明的，于是她的乳房便毫无遮掩地在那层真丝乔其纱后面晃动了起来。随着她如猫的步履。她煮咖啡。她点燃香烟。然后她斜靠在长沙发上，将她的大腿和胸膛坦露。她也许是故意那样做的。那是她精心摆放的姿势。性感的，甚至是淫荡的。她问乔，为什么一定要在这种优雅而洁净的地方来谈秀秀呢？

这个地方就优雅吗？乔反问道，这里并不洁净，甚至是肮脏的。

你干吗总是这么狠毒，难道你就不肮脏吗？我们就是这样一群泡在肮脏的金钱里的肮脏的人们，并且无耻。这一点我早就认识清楚了。只是连秀秀这样的农村姑娘也难逃肮脏和丑恶，因为她也无法摆脱金钱对她的诱惑。想想只有金钱才能够让她摆脱贫困。是她的贫困限制了她，使她不能够用一种看上去更体面一些的方式去赚钱。像我们这样。但本质其实是一样的。

可是你我就体面吗？乔觉得和冯戈这种人讨论这种问题本身就是无耻的。我们甚至更丑陋，更卑鄙。道貌岸然。男盗女娼。更可悲的是，我们竟还要硬撑着自命清高，附庸风雅。

冯戈从沙发上坐了起来，她说，总之，秀秀逃了出来。为了永远地离开那个男人，她甚至放弃了她的孩子。从此东躲西藏。然后便来到了我们这个城市。可惜她才出虎口，又入狼窝。如果她被拐卖还值得同情的话，那么，她又做了妓女，就不能不被人鄙夷了。尽管那也是出于无奈。她没有别的可以改变现状的手段，所以她只能利用她的身体。想听我是怎样第一次见到她的吗？你别摇头，我知道你摇头的意思是想听。那是我去见南方的一位面料商。在一家酒吧。我们约好了在那里见面。有一些商人就是喜欢在那种地方谈生意。就在那里，看见了秀秀。那时候她刚好就坐在那个满嘴金牙、满头摩丝的男人腿上。印象太深刻了。因为她是那么年轻，简直就是一个孩子，甚至还没有完全发育，而那个商人却在理所当然地摸着她那没有完全发育的乳房，仅仅是因为，他给了她钱。

乔站了起来。

冯戈说，坐下。你用不着这样。别装君子了。当今没有君子。君子在古代就已经死完了。秀秀的这类事你难道没听说过吗？请别说你没逛过那种地方。秀秀就是你在那种地方见到过的那种女人。为了能在这个城市中留下来。为了能生活得更好一点。不是所有的妓女都放荡，特别是秀秀这种迫于生计的女孩子。她就是被那些男人羞辱蹂躏时依旧那么美，一种悲剧式的忧伤的疼痛的美。我就是这样铭记她的。她也卖笑，也打情卖俏，想得到更多的钱，但就是她风情的时候，也还是带着点纯真。后来我去卫生间。秀秀竟也跟了进来。猜她要做什么？她在等我。她看见我后立刻就跪在了我脚下。我被吓坏了。不知道发生了什么，也不知道她要我为她做什么。秀秀流着眼泪，说带我走吧。说她刚才听到了我有一家工厂，需要制衣女工。她说她从小就会缝衣服。她还说，带我走吧，求你了。秀秀睁大眼睛祈求着我。那么可怜。那么真诚。让人不能不动心。我叫她起来，她不肯。她说她从山里来，什么脏活累活都能干。她说收下我吧，带我走。她说她已经受尽了天下的苦，男人的苦，她求我帮她脱离苦海，过一种像样的人的生活。她的要求多可怜，仅仅是一个像样的人的生活，就让她付出了多么惨痛的代价。她就跪在那里，求着我。她甚至抱住了我的腿，说她从此愿意为我做牛做马。乔，你在听吗？冯戈走向乔。看着他。用手去摸乔的脸，问，你哭了？

乔推开冯戈。看着窗外。冯戈却从他的身后抱住他，温柔地亲着他的脖颈。

她说好了好了，你看你就像一个孩子。要不要一支烟？你的这神情让我想起少年维特，或是阿芒。总之都是这样的，你们受不了了，矛盾了，思想在激烈斗争，觉得自己受到了伤害。你们不能忍受自己所爱的，是早被别人玷污了的，也是被人群所不齿的。多么悲哀。你们捡起并视为珍宝的，原来是污秽的破烂。这就是悲剧。悲剧的力量。把最美的撕碎给人看。听到过这样的至理名言吗？把最美的撕碎给人看。我就这样冷酷地撕碎了美，给你看，让你知道秀秀究竟是一个怎样的女人。这是你迟早要面对的。我不想让你总是蒙在鼓里。那样对你不公平。我们是在规则中竞争。我希望你能在真相中做出你的选择。爱。或者不爱。你或者会想爱秀秀这样的女人是不是值得。或者你想战胜自己。而战胜了自己，在某种意义上就等于是战胜了社会，战胜了世俗。可是你有足够的勇气吗？真的很难。很少有男人能这样战胜自我。或者他们一直在努力，他们已经做出了很大的牺牲，却在最后的那一刻，退却了，逃走了。因为要承受的来自各个方面的压力太大了，他们不堪重负。所以你很可能正在犹豫着，是不是应该远离秀秀了。你是懦夫。很多男人都是懦夫。因为他们总是把他们个人的生活，更多地和社会联系在一起。于是个人被消解了，个人变成了社会。但是我没有。我因此而应该骄傲。从秀秀来到"午夜"的那一天，我就没有过一丝想要抛弃她的念头，哪怕是一闪念。我甚至誓言，决不让秀秀离开"午夜"，只要有我在。不管她怎样，也不管她好还是坏，她都会和我在一起。永远。知道永远意味了什么吗？因为最初的那一刻印象太深了。终生难忘。秀秀跪了下来，而就在她跪下的那一瞬间，我知道我就再也离不开这个女孩了。我真的被秀秀打动了。多么可怜，她想要的，只不过是一种人的生活。做了风尘女子不是她的错。我不能坐视不管，更不能和整个社会一道挤兑她。记得当即我就对她提出了两点要求，第一是我那里只能自食其力，不会像在这里有很高的小费；第二是她将永远不能再和任何男人有这种交易式的肉体的关系。秀秀答应了我。我知道她不会违约。她的眼睛告诉了我。乔你听了这些，是不是觉得我是个好女人？

乔很茫然。一种被揉搓的感觉。他无法判断冯戈所说的是不是真的。也许冯戈确实是个好女人，但是他真的不敢相信她。这个女人太不可理喻了。就在此刻，她的抚摸，正在那么温柔地袭击着乔。她说着那么悲惨的故事，而她的手却已经伸进了乔的衬衣。那么理所当然，天经地义。就仿佛乔本来就是她的。乔想就是因为那个黄昏。是黄昏铸成了他终生的难以摆脱。他甚至不能不要那温柔的困扰。他甚至在那温柔的抚摸中释放着激情。

然而冯戈走开。拉开一点温情的距离，她说接下来是更精彩的部分。我们从卫生间出来。我非常严肃地对那个长期包养秀秀的南方布料商说，我要带走这个女孩，我的工厂需要她。秀秀在我的身后哆嗦着。她不敢肯定我为她所做的努力是否能获得成功。那个男人立刻横眉立目。他请我把我说过的话再说一遍。我知道他是有家室的，也知道他非常喜欢秀秀。但是他也有头有脸，我知道他这种有头有脸在乎名声的人，是决不会因为秀秀而自毁前程的。所以他才愤恨，又不便对我发火。结果他就突然抓住了秀秀，打她，羞辱她，撕扯她的衣服，骂她是婊子。他大概已经知道再也要不回秀秀了，所以在那一刻他才心狠手辣，恨不能杀了这个女孩子。我无法阻挡他，只好叫了警察。警察当即拘留了那个商人，也拘留了遍体鳞伤的秀秀。我是几天后从拘留所把秀秀领出来的。我为她治伤，把她留在了我家里。我做着这些的时候只凭着一种道义，我并没有想过为一个可谓是素昧平生的妓女做这些是不是值得。从此秀秀就成了"午夜"的人。为了秀秀我损失了几十万块钱。因为那时我已经订购了那个商人的布料，而且已经预付了所有的款项。但是那以后他没有给我发过来哪怕一寸的布料。就这样不了了之，我们不再打交道。为了秀秀。我愿意用这一大笔钱换来秀秀的安宁。"午夜"使秀秀脱胎换骨。然后就是你所看到的秀秀了，她值得我这样为她付出。这就是秀秀的故事。有过这种经历的女人实在是太多了。这样的经历对"午夜"没有什么，但是对你这样的男人就很难说了，对吗？

乔开始朝外走。

你回来。我满足了你的好奇心，你就走了？

乔说我不欠你的。我已经为你做得够多了。

留下来，让我告诉你在"午夜"这样的地方，究竟该怎样和女人们相处。首先要学会一种制衡术，这样才能让所有的女人都心甘情愿毫无怨言地为你干。

太无聊了。乔挣脱了冯戈。他说你放开我，用不着你来教我该怎样做。我早就看清了只有一种选择，那就是尽快离开"午夜"。这里太可怕了。就像一个魔窟。所有的人都是魔鬼，都在折磨他人。天使在这里也会变成魔鬼，否则就只能窒息而死。

说得真好。冯戈依然纠缠着乔。她问，哪儿又不是魔窟呢？既然到处是战场一般的名利场。她把她的手再度伸进了乔的衬衣，在乔的冰凉而光滑的肌肤上游移着。她说为什么让秀秀插在我们中间？本来你是我的，是只属于我的。或者换一种说法，你为什么要插在我和秀秀中间？我们已经成为最好的伙伴，而你为什么要用这种方法来离间我们呢，你不觉得太过分吗？冯戈接下来的说法就更荒谬了，是你准备同时接受两个女人的身体呢？还是让我们接受两种性别的爱？太复杂了。我们都在两难之间。留下来。享受最好的酒店和窗外最好的夜景，当然还有最好的女人。让我来帮你解开扣子，为什么你总是做出不情愿的样子呢？你是真的不情愿吗？

乔说是的，我就是不情愿。我讨厌你，也讨厌"午夜"。你们这里太恶浊了，我必须走。我不愿待在这里。

你不会走的。我知道。我是"午夜"的老板。我说了算。还有法律。违约的损失你是赔不起的，我发誓。冯戈抽出了乔的皮带。她说这世间没有人能抗拒五十万的诱惑。

这一次乔真的挣脱了冯戈。他把她推倒在床上。他说你以为你有钱就能拥有一切？你不知道这世间也有金钱买不到的东西吗？我可以腰缠万贯，也可以流浪街头。再说年薪五十万又算什么呢？别总是拿五十万要挟我。我值这个价钱。我得到的是我应有的，不是你的施舍。

乔你以为你是谁？你不要把自己想象得太美好也太崇高了。你也是一个人，一个普通的男人，不过是有一张英俊的脸和强壮的身体加一点雕虫小技式的手艺。回来。听到了吗？这一刻你也不是没有欲望。我已经感觉到了那坚硬。一个男人的坚硬又意味了什么呢？别道貌岸然，也别提上裤子。让我们亲近。忘掉一切。忘掉秀秀那些不堪回首的往事；忘掉年薪五十万的意味；忘掉服装展示会；也忘掉"午夜"。让我们滤掉一切杂质。让我们真正纯粹起来。让我们就作为发情期的两个动物，即或是我们中间没有爱……

冯戈就这样慢慢接近了乔。她把嘴唇贴在了乔的嘴唇上，吸吮着乔舌尖上的欲望。没有人能抵挡这个疯狂的女人，乔这样为自己开脱着。然后他便沉入了进去。他也变得疯狂。他离开的时候已经是黎明。

乔精疲力竭。和太阳一道在大街上行走。很清新的早晨的气味，乔却觉得他的身体中是永远洗不尽的罪恶。他明明憎恨那个女人，却又被那个毒蛇一般的身体所吸引。他不能解释自己。他想是环境改变了他。他是在走进魔窟之后，才变成魔鬼的。只是当满足了欲望，乔反而觉得很沮丧。

八

"午夜"的人物关系变得复杂而微妙，却奇妙地不能阻挡"午夜"大踏步前进的步伐。

灯光闪烁。那是"午夜"的 T 型台。"午夜"所久久期待的。

主题是："秋的畅想"。

台下，客户云集。中国的，外国的。服装批销商们纷纷看好"午夜"的品牌，当然"午夜"的品牌是由"午夜"的品质奠定的。在他们看来，"午夜"是时装界"另类"服装最杰出的代表。有广泛的市场，是那些标榜反传统的年轻人所热衷的。而这一次的展示会无疑将"午夜"的这种风格又推向了一种极致。

在为时一个小时的展示中，冯戈始终躲在台下的那个黑暗的角落中。她很害怕。她其实已经经历过无数这样的场面，但是每一次她还是很紧张。她害怕失败。怕因此而失去"午夜"。所以每一次她都是远远地站在后面，仔细地观察着那些专家、商人，以及所有新闻记者的表情。

　　冯戈在那个没有人看得到的角落里显得很孤独。她屏住呼吸，看着每一个模特的表演，和她们每一个人身上的新时装。其实每一件服装都是冯戈非常熟悉的，但是在这样的表演中看到，她还是觉得很陌生。她全神贯注，等待着结果。她如此紧张还因为这是乔代表"午夜"首次登场，她想知道那些客商和娱乐圈挑剔的人们是不是能接受他。而乔的能否被接受，自然也关系着"午夜"的未来。

　　冯戈就那样在台下紧张地观望着。对她来说，这一个小时比整整一天还要长。

　　而同样站在黑暗中的还有雄。在离冯戈几米以外的地方，冯戈看着 T 型台，而雄则格外紧张地看着冯戈。那是他的职责。雄当然知道他的女老板在什么时候需要他。他便死心塌地地守候着这个需要的时刻。他恪尽职守，带着一种对这个女人近乎崇敬的心情。雄身怀多重绝技，所以能扮演多重角色。世间就是有这样的一种人。能人。所以雄看上去既像冯戈的保镖，又像她的秘书或顾问。有时候，他还能偶尔客串一下她的或朋友或情人的角色。雄不论扮演哪一种角色，都能扮演得非常成功。因为成功，冯戈就更是离不开他了，甚或依恋他。

　　总之他们的关系很奇特。总之冯戈的身边是需要这样一个人的。而雄就成了那个人。他们很默契，以至于为了适应冯戈的果敢，雄甚至让他本来就花花公子的面孔上，又多了一重女性化的柔弱的色彩。看起来让人非常不舒服。

雄就这样观望着冯戈。他随时准备跑过去执行冯总的任何指示。这样的时刻终于被雄等到了。在"枯叶"系列之后，整个表演就要结束了。当那种深秋的衰败的色调在舞台上一出现，当观众席上一发出那情不自禁的惊叹的呼声，冯戈就知道，她成功了，"午夜"成功了，当然乔也成功了。

于是冯戈向黑暗中伸出了她的手。没有人知道那是雄的方向，但是冯戈知道。雄于是立刻跑过来拉住了冯戈的手。他们确信，"秋的畅想"已大获全胜，接下来，就该是冯戈在那些模特们的簇拥下，走上舞台谢幕了。

雄立刻陪伴着冯戈走向后台。

那永远是冯戈梦寐以求的时刻。

后台一片有序的忙乱。监督着舞台的是乔，而负责模特更换服装的，是秀秀。这是秀秀的老本行。"午夜"空前的团结。暂别是非恩怨。秀秀满头大汗，在更衣室进进出出，配合着乔的每一个指令。他们显然很默契。冯戈看到了。在他们相互交换的眼神中，是那种心领神会。当然他们用心灵的窗所传递的，不是爱，而是表演的程序。

冯戈走进更衣室，对秀秀说，带来那件衣服了吗？

秀秀把那件长裙从衣架上拿了下来，问冯戈，你真有把握他们会喜欢吗？

无论如何这件长裙是最好的，是他精心设计的。代表了他的风格，也代表了"午夜"的。和这个夜晚很协调。我决定了，就穿它。

那么好吧，快一点，我来帮你。一会儿你就该上场了。

秀秀说着，就让冯戈像所有模特那样，把自己脱得精光。紧接着又像所有的模特那样，让秀秀为她穿衣服。帮她系好所有的纽扣，扎好所有的丝带。

冯戈站在镜子前。问秀秀，你说行吗？

秀秀说，非常美。真的。看着你，和这件裙子，是一种享受。

是吗？冯戈突然转身，紧紧拥抱了秀秀。她用手抹去了秀秀脸上的汗，说，所以，别离开我。别接近他。别相信他。别被他控制，也别把你的心给他。听我的，行吗？

然后，冯戈就光彩照人地走出了更衣室。她不仅照亮了秀秀和雄，而且，让站在舞台口上的乔也头晕目眩、目瞪口呆。

冯戈走向乔。问他干吗把眼睛睁得那么大，这不是你的作品吗？不记得了？秀秀说，我应当穿着它上台。它穿在我身上才是最美的。难道你不觉得？

乔无言以对。他打量着冯戈。他不得不承认这件枯叶一般的纱裙穿在冯戈的身上确实是最美的，但是他也不得不提醒她，是不是太透了一点，连乳头都看得清清楚楚，你要干什么？要

237

知道你不是模特，而是老板。乔的提醒是由衷的。在那样的时候，他们是顾不上争风吃醋或钩心斗角的。

冯戈向乔伸出了她的手。她说既然是最好的，为什么不让人们看到呢？我不想强奸你的意愿，只是我们都觉得，它将会把你推向高潮。来吧，该我们上场了。今天是我们的夜晚。在这个夜晚你将成为明星。那夜空中的一道艺术的闪电。是"午夜"铸造了你。是我，我铸造了你。过来拉住我的手，哪怕你是不情愿的，但为了"午夜"，来吧。

他们就这样手拉着手走上了台。

在一阵一阵的掌声、口哨声和欢呼声中。

他们拥抱。由衷地拥抱。为了"午夜"。为了成功。

服装界还没有哪一位女老板敢于像冯戈那样，穿着那么暴露的裙子出现在观众面前。冯戈是第一个。她永远要做第一个。在那蝉翼一般透明的面料后面，是冯戈近乎裸露的身体。她甚至连短裤也没有穿，真是太令人震惊了。但那的确是最美的，也是最性感的。冯戈说，这就是未来的潮流。人彻底回归了自然。而人类本来就是自然的一部分。

冯戈的表演果然把展示会推向了高潮。面对无数的闪光灯，她毫无惧色，直到她的身体满足了所有新闻记者的好奇心。然后，她退到一边，把乔推到了前面，让闪光灯对准这个表情冷漠的男人，她说，他才是"午夜"的英雄。虽然，这已经不是一个英雄崇拜的年代，但是，我崇拜他。

　　然后，冯戈就开始了她的致辞。很简短的致辞。她说，你们都看到我这件裙子了？显然你们已经被吸引，也希望你们的女人也能在午夜穿上它。而这就是他的杰作。而他，则是我的杰作。乔，我身边的这个男人。不知道你们是不是喜欢他？是的，我喜欢。因为他才真正懂得"午夜"的含义和品质。那充满刺激的含蓄的温暖。那才是"午夜"的灵魂。他用他的设计诠释了这一切。而且诠释得准确而又充满了想象力和创造力。这就是我长久以来一直在找的那个人。来吧，乔，和那些赞美你的人们说点什么，这是你的夜晚。

　　乔于是被推向恐慌。他确实不知道该说些什么，他又能说什么呢？站在这个几乎赤裸的女人身边，他唯一的念头就是恨她。但她说的那些话又让他无以回报，唯一能做的，就是把这个女人紧紧搂在怀中，当众吻她，然后说，谢谢你给我的一切。很浪漫。

　　接下来是盛大的酒会。

　　那是例行的仪式。

　　很多生意就是在这种酒会上做成的，所以这样的酒会很重要。

　　冯戈春风得意，举着酒杯到处走。在记者、商人、漂亮的模特和窥视者之间随意穿行着，以一种近乎淫荡的微笑勾引着那些对她想入非非的客商。她尽职尽责。只是，那时候冯戈已经换下了那件透明的裙子。她脱下那条裙子时对秀秀说，这种垃圾只配用作表演。然后，她换上了那件圣洛朗的晚礼服。那种梦幻一般的优雅的紫棕色。那悬垂着的华丽的皱褶。那种高贵与圣洁。那叹为观止的大家风范。冯戈说，对于我，这才是真正的身份的象征。

冯戈在整个酒会中始终带着乔。她挽着乔的臂膀，很亲昵的样子，好像他们是很和谐的搭档。所有的微笑。各种各样的恭维。她看似柔顺，事实上她却一直在暗暗操纵着乔。她带乔去见的，都是对她有用的人。乔尽管无奈地陪她应酬着，却始终心不在焉。

然后在一个莫名其妙的瞬间，乔就失踪了。

冯戈继续在人群中走着，尽管依然谈笑风生，却已经气急败坏。因为她已经有很长时间没见到乔的身影了。她不知道这个任性的被她惯坏了的男人去了哪儿。她很焦虑。可是她并不知道她为什么会焦虑。

然后雄就适时地出现在了冯戈的身边。其实雄始终在不远不近地跟随着冯戈，只是他跟随得不露声色罢了，像个隐身人，一般人看不到。大概也只有雄能察觉到冯戈的焦虑，于是他及时地赶了过来，并像所有的跟班那样，在冯戈的耳边小声说，他在后台，和秀秀在一起。他知道冯戈想要听的是什么。

他怎么能这样？冯戈勃然大怒。

你别这样。雄低声说，而又充满了力量的声调。这不是你吵的时候。是他重要，还是你重要？别毁了你自己。酒会本来就要结束了，你怎么就不能再坚持一会儿呢？

我要辞了他。把秀秀也赶走。这是我的"午夜"。不能让别人在这里无法无天。去把他给我叫来。太过分了。要么做我的人，要么就鱼死网破。叫他来，我要当众宣布解雇他。

你真要这么做？雄问着冯戈。那样，他就会立刻被别人挖走，那你的心血不就付诸东流了吗？别傻了。你完全可以不动声色地到后台去抓住他们。也就是抓住了你对他们永远的控制权。

好吧就按你说的。你留在这里。我就离开两分钟。两分钟足够了。然后我就回来宣布酒会结束。

冯戈说过之后就真的来到了后台。她的心怦怦跳。她真的害怕看见什么。她还从来没有这么紧张过。为这种事。她不知道她的命究竟握在了谁的手中。

后台很寂静。

灯光熄灭了。只剩下远处的一盏照明的灯。很暗。

"午夜"的工作人员在装车。没有乔和秀秀。

问了很多人。没有人看见他们。

寂静的午夜，他们去了哪儿？